ELECTRÓNICA

ELECTRÓNICA

Enzo Maqueira

SEd Suburbano Ediciones

www.suburbanoediciones.com | @suburbanocom

INTERZONA

Warm up

Te encontraste con el examen de Rabec y sentiste las mariposas en la panza. Hacía una hora que estabas con la pila de parciales en la mesa de luz, esperando que Gonzalo se quedara dormido para empezar a corregir. Antes habían mirado el capítulo de *Los Simpson* de la Venus de jalea. Gonzalo anticipaba los chistes, como hacía siempre, y vos te imaginabas que le ponías una mordaza de alambre de púas para callarlo, hasta que por fin se acurrucó en su lado de la cama y se quedó dormido. Recién en ese momento bajaste el volumen del televisor, prendiste el velador y te pusiste los lentes. Te costó concentrarte, pero al tercer examen ya corregías en piloto automático: ponías una tilde con birome roja en las respuestas correctas, hacías una cruz si había un error, tachabas la hoja cuando alguno había guitarreado. Cómo te molestaba esa palabra, "guitarrear", ese vocabulario de profesora que se te había pegado sin darte cuenta. Sabías que el examen de Rabec estaba entre los otros, con la letra redondeada y la firma chiquita, de tener la autoestima baja, al final de la última pregunta. Querías creer que el examen tenía algún mensaje escondido, pero no ibas a anticiparte, ibas a esperar que llegara su turno. Que un mensaje escondido en el examen parcial de Rabec apareciera cuando fuera su momento, porque aunque pocas veces te hacías caso, sabías que el tiempo era tu mejor consejero.

Rabec te había gustado desde el primer día: tenía el flequillo sobre la frente, los brazos llenos de venas. Ni bien entró al aula te hizo esa sonrisa con cara de dormido. Siempre te había parecido una frase de boluda, *mariposas en la panza*, pero con él no había otro modo de explicarlo. Sentías lo mismo ahora, en la cama, el televisor en *mute*, tu novio durmiendo profundo pero demasiado cerca como para que corrigieras tranquila. Rabec había contestado bien casi todas las preguntas. Había escrito *poesía, novela, cuento* y había subrayado cada una de esas palabras, las mismas que habías resaltado en clase para explicar por qué la ficción siempre es mejor que el periodismo –aunque vos enseñabas periodismo–, y por qué, al mismo tiempo (con esto te habías ido por las ramas), la realidad es siempre una ficción. Rabec las había usado igual, como si vinieran de tu boca. No había ningún mensaje escondido, pero que repitiera exactamente tus mismas palabras quería decir mucho más que si te hubiera dibujado un corazón. Te acordaste de cuando Rabec te entregó el parcial, cuando le rozaste los dedos al agarrar la hoja y sentiste el perfume de su desodorante.

—¿De qué te reís? —dijo Gonzalo.

Tu novio te miraba con los ojos entrecerrados y la cabeza hundida en la almohada. No te habías dado cuenta, pero el recuerdo de Rabec te había hecho sonreír.

—Nada —dijiste—. Una estupidez.

A veces Gonzalo te hablaba dormido. Una noche discutieron así: vos estabas mirando televisión, Gonzalo te empezó a insultar en voz baja, con los ojos abiertos, inyectados en sangre, y la mirada como si no pudiera terminar de enfocarte. Tardaste en darte cuenta de que te hablaba entre sueños. Le dijiste de todo. Después entendiste y lo empezaste a boludear. Al principio esas cosas te divertían.

Terminaste de corregir los exámenes que faltaban. Apagaste la luz. Te pasó lo mismo que en las últimas semanas: ni bien acomodabas la cabeza en la almohada te ponías a pensar. ¿Las demás profesoras habían probado el ácido? Vos sí: varias veces, pero la que más te acordabas era cuando Tiësto tocó en la catedral. Te habías metido una pastilla de éxtasis, ketamina y medio ácido. A las tres de la mañana estabas sentada contra la pared, con la cabeza entre las piernas viendo túneles de colores. ¿Cuánto tiempo había pasado? Recién te recibías, eras licenciada y ya dabas clases en una universidad. Habías estudiado en una privada, igual que tus alumnos, por eso habías terminado la carrera demasiado joven y te había quedado tiempo para seguir haciendo cualquiera. No eras la única. Había una generación de profesionales como vos y encima te pagaban para formar a la generación siguiente. Seguías sintiéndote una pendeja. Dar clases era un trabajo de una vez por semana que te permitía salir, tomar pastillas, mirar todas las películas de cine francés y leer todos los libros que quisieras sin que tu papá o tu mamá te presionaran. La hija típica de la clase media de los noventa. Ese subtipo snob que vivía su pasado menemista con culpa.

Ahora escondías el examen de un alumno y tratabas de dormir acercándole el pie a la pierna de tu novio. De sentirte una liebre saltando en la pista de un boliche donde por momentos flasheabas que tenías las manos hechas de plumas, hasta pararte frente a un curso de veinticinco adolescentes que también –como todos– querían ser licenciados en algo. Vos repitiendo lo mismo de cada año: pirámide invertida, las cinco W, la importancia de aprender a escribir el encabezado o *lead* de la noticia. Todos esos datos con los que te ganabas la vida y a los que habían quedado reducidos tus proyectos de ser escritora. Pero esta vez fue distinto porque entre los alumnos estaba Rabec. Te miraba con los brazos cruzados, directo a los ojos, tomando nota si decías algo importante, pasando por alto a la rubia con voz de pito que se sentaba en el banco de al lado y le histeriqueaba. ¿Cuántas profesoras tenían plantas de marihuana en su casa? ¿Cuántas se fumaban un porrito cada tanto? La próxima clase, ni bien entraras al curso, ibas a pedirles a los alumnos que fueran a buscar los exámenes a tu escritorio, por apellido, y cuando le tocara a Rabec le ibas a preguntar, en voz baja, si se volvían a ver. También podías mandarle un mensaje, pero te parecía exponerte demasiado. Tenías que evaluar qué era más peligroso: si hablarle en voz baja delante de todo el curso o mandarle un mensaje y que quedara tu número guardado, tu ¿cuándo nos vemos?, algo que pudiera traerles problemas a los dos. Lo mejor era hacerle una llamada perdida después de la clase, cuando estuvieran mezclados con los demás alumnos que salían de las otras aulas, y que entonces Rabec te llamara y decirle que lo esperabas en la estación Ángel Gallardo. Ibas a ponerte la campera de cuero. Una campera de cuero te devolvía algo, un aire, de lo que habías sido. Gonzalo se dio vuelta en la cama. Te apoyó una mano sobre la pierna.

Ya sé que estamos solos en una calesita, dijo Gonzalo, pero hacía tiempo que ni siquiera te daban ganas de boludearlo cuando te hablaba dormido.

***

Aunque la profesora había pensado que nunca iba a dejar de sentirse joven, se dio cuenta de que estaba equivocada. Quizás por eso, al otro día, ni bien saliste de la UNI, después de esperar a Rabec y que Rabec no apareciera, te fuiste desesperada a la casa del ninja. Tu amigo estaba de mal humor: se quejaba de un trabajo que tenía que entregar al otro día, el tipo de la agencia que pensaba que diseñar era una boludez y le mandaba las cosas a último momento. El ninja estaba desparramado sobre el sofá, con el porro en la mano, y todo lo que decía te resultaba gracioso. Salvo porque antes era un pendejo de musculosa y zapatillas Nike que bailaba toda la noche moviendo el cuerpo como un granadero con epilepsia, arengando con el "dale, dale", ocupando media pista con sus pasos de caminante lunar, y ahora era un treintañero que empezaba a quedarse pelado tirado en el sillón, salvo por eso, vos y él juntos formaban parte de una realidad paralela en la que vivían fumando en *pause* mientras escuchaban Air. Esta vez habían puesto *Talkie Walkie* y sonaba "Run", la parte en que la voz andrógina de Jean-Benoit o de Nicolas Godin (nunca supieron cuál de los dos franceses) repetía esa palabra en *loop* y un coro que parecía cantado por los ángeles de todos tus sueños te hacía ver colores y llorar. Con ese disco habían terminado sus noches más locas. Volvían a la casa del ninja para bajar la pasti, a veces con alguien más porque en esa época iban a bailar en grupos y venían la Turca, los chicos, la genia de Natasha que era la primera que había fumado porro. La profesora, en cambio, había sido la última en fumar porque tenía miedo de perder el control. Una auténtica leonina. Todos te tenían respeto: los que eran amigos, los que habían vivido esas noches y se habían casado o ya no aparecían. Todos menos Natasha, la única que había logrado atravesar tu coraza. Quizás por eso había desaparecido de tu vida. A veces la profesora veía conectada a Natasha pero no se animaba a saludarla, ni siquiera cuando miraba *Los Simpson* y se acordaba de las veces que lo habían visto juntas, cada una en su casa, cuando todavía se hablaba por teléfono y se pasaban horas comentando los capítulos y contándose los nuevos amores, antes de que el mundo, el mundo de la profesora pero también el de Buenos Aires, se llenara de fiestas, se transformara en media vida conectada a Internet y la presencia de Natasha se hubiera reducido a una foto de perfil. De todo eso te había quedado el ninja, fumarse un porrito con él a la salida de la UNI mientras hablaban pavadas que en ese momento les parecían genialidades y que al otro día, sin porro, ni siquiera se acordaban. Esa tarde el ninja decía que en nuestros tiempos ser de derecha es comprar gustoso el último modelo de celular, "gustoso", dijo. Y "vacacionar" en Cariló y putear a los cartoneros porque dejan las bolsas de basura abiertas y ensucian la calle. En cambio ser de izquierda era ser gay friendly, *simpatizante,* como dicen los brasileros. Un puto no puede ser facho, dijo el ninja, y vos le pasaste el porro. El ninja le dio una seca.

—¿Tu nene? —preguntó—. ¿Hubo novedades?

Largaste el humo, una nube gris a lo Hiroshima contra la luz del techo. ¿Qué podías decirle de "tu nene"? A la salida de la UNI habías cruzado la calle siguiendo a Rabec con la mirada. Le habías hecho una llamada perdida. ¿Te había visto? Cruzaste con todos los alumnos, tenías puesta tu campera de cuero, pensabas que lo que hacías era demasiado obvio.

—Hoy lo vi.

—¿Y? ¿Hay novedades?

—No.

El ninja se rascó la panza. El rasgueo de los pelos de la panza del ninja en el paisaje de la música de Air.

—¿Le preguntaste?

—Sí.

—¿Y? —el ninja te dio el porro—. ¿Qué le pasa al pendejo? ¿No te lo cogiste bien?

La profesora puso otro tema en la computadora. Se recordó a sí misma caminando rápido para dejar atrás a Rabec, para pasar el molinete y meterse en el subte. Esperar que Rabec te devolviera la llamada.

—¿Por qué no se pueden encontrar, boluda?

"Biological". Escuchabas esa canción y todavía, tantos años después (¿seis? ¿ocho? ¿cuándo había sido?), un escalofrío te corría por la espalda. Te acordaste del recital de Tiësto, cuando por fin pudiste levantarte del rincón en donde habías estado volando entre túneles de luz, y el ninja te subió a un taxi y en lugar de internarte en un hospital te llevó a su departamento y te dio de tomar agua y empezaron los círculos de colores en el techo. Esa mañana —estaba por amanecer, porque las palomas de la ventana habían empezado a hacer ruido— habías llorado alucinando una esfera fucsia, hecha de gotas de vidrio, que giraba alrededor de la canción y desprendía lágrimas que podías tocar. ¿Era un ukelele lo que sonaba cuando las voces decían *biological* y en primer plano las notas de algo que parecía una escalera en el medio del mar?

—¡Che! ¿No te lo cogiste bien? ¡Decime!

—...

—¡Contá, boluda! ¿Coge bien?

—...

—¿Te la chupa?

La profesora dijo que se la chupaba como los dioses. Le dio asco su respuesta, pero en el momento le salió así. ¿Cómo la chuparían los dioses? ¿A quién se la chuparían y con qué trucos que no sabemos en la Tierra?, dijiste y fumaste una seca. El ninja se frotó las manos y movió el culo para acomodarse en el sillón. Era su manera de prepararse para escuchar, aunque tenía trabajo pendiente y por eso te dijo apurate, boluda, contame y te vas.

Te acordaste de Rabec en la cama. Las pocas veces que había estado en la cama que compartías con Gonzalo. Vos acostada mirándole la boca, él acercándose para besarte mientras te acariciaba la panza por abajo de la musculosa y metía la mano un poco más arriba, y vos levantabas la espalda así Rabec encontraba el broche del corpiño. Esperabas que lo sacara solo, pero casi nunca podía y eso te daba ternura. Te sacabas vos misma la musculosa, te desabrochabas el corpiño. La cara de Rabec cuando te miraba las lolas. Te soltabas el botón del jean, le acariciabas la cabeza. No hacía falta que explicaras nada: Rabec solito te sacaba el pantalón.

—¡Contá! —dijo el ninja.

—Nada del otro mundo —dijiste.

¿Había visto Rabec la llamada perdida? Salieron con los demás alumnos y con el grupo que iba para el lado del subte. La profesora bajó las escaleras. Estaba segura de que él venía detrás. El subte llegó justo cuando entraste al andén, así que no pudiste ver si Rabec había subido. Pensaste en caminar por los vagones hasta encontrarlo. Sabías que era peligroso, porque ese subte estaba lleno de alumnos. Los dos eran mayores de edad, pero la historia te podía costar el trabajo. Tenías miedo. Lo que más te asustaba era perder a Rabec y cuando te dabas cuenta dudabas sobre lo que de verdad sentías por él. ¿Por qué pensabas en que los dos iban en el mismo subte, y que si el subte chocaba los dos iban a morir y esa muerte era romántica? Al mismo tiempo te lo acordabas desnudo, el olor a hombre de la piel de Rabec, la cola de Rabec que empujabas para adentro con las manos, la pija de Rabec que había nacido para obedecerte y Rabec tan frágil gimiéndote al oído.

Habías bajado en Ángel Gallardo. Caminabas despacio para darle tiempo a que te alcanzara, pero no apareció. Esperaste al próximo subte y tampoco. Estuviste cincuenta y cinco minutos en el andén buscando a Rabec entre los pasajeros que fueron bajando de no sabías cuántos subtes. A la profesora se le cayó el mundo encima. No quería irse de la estación, y cuando por fin se decidió a subir las escaleras, miraba para atrás todo el tiempo. Después habías almorzado en el peruano, te habías pedido una cerveza y un ceviche mixto para convencerte de que eras una adulta próspera y no tenías que hacerte la cabeza por un pendejo de 18 años. Querías hacerte un mimo, pero no dio resultado. Cuando terminaste de comer fuiste a la casa del ninja.

—Los pendejos no cogen bien —dijo el ninja—. Eso es lo primero que aprende un puto.

El ninja fumaba y explicaba su teoría: los pendejos no saben coger por falta de experiencia, obvio, pero también porque en la naturaleza ningún animal "coge bien". Los animales se reproducen y nada más. Y si no fuera porque el ser humano aprendió a sobrevivir a las enfermedades y aumentó su expectativa de vida, nosotros cogeríamos igual de mal que los animales. Haber aprendido a coger es una consecuencia de vivir más tiempo, dijo el ninja, el entretenimiento que inventó el ser humano para no aburrirse. Eso no es cierto, dijo la profesora, hace cincuenta años la gente también vivía mucho y no sé si mi mamá cogía tan bien con mi papá. Para mí es otra cosa. Puede ser, dijo el ninja. La profesora iba a agregar algo, pero el ninja se levantó de golpe, sosteniéndose la panza con las manos, y se metió en el bañó y la profesora escuchó que tiraba la cadena. Volvió pálido.

—¿Estás bien?

—Sí—dijo el ninja—. Tengo que dejar de comer porquerías.

—Te tenés que cuidar —dijiste.

Yo a veces cojo como una máquina, dijo el ninja, me siento una máquina que aprendió a coger. Eso es coger sin amor, dijiste, y te diste cuenta de que hacía meses que no pasaba nada con Gonzalo. El sexo es mejor cuando no tenés que preocuparte por estar enamorado, dijo el ninja. Fumaron hasta que se quedó dormido y lo despertaste para que bajara a abrirte. El ninja puteaba porque se había terminado la tarde y no había hecho el trabajo que tenía pendiente. Vos puteaste porque ya era la hora de la cena. Trabajar, fumar porro y ocuparse de la casa. Nada más. Eso explicaba que tus amigas hubieran decidido tener hijos, incluso las más zarpadas, las que jamás pensaste que iban a sentir el famoso instinto maternal. Las habías visto tomar cocaína en el baño de un boliche lleno de drogadictos y ahora subían fotos con un bebé y veinte kilos de sobrepeso. De Janis Joplin a Maru Botana. Tus amigas habían experimentado la más cruel de las metamorfosis. Por lo menos tenían la excusa de educar a un nuevo ser humano, una manera de limpiarse la conciencia creyendo que hacían algo por el bien de la especie. La profesora también había tomado cocaína. Fue la última etapa, hasta que llegó Gonzalo para rescatarla.

Cuando volvías de la casa del ninja compraste dos supremas de pollo y le pediste al carnicero que las cortara al medio. Pasaste por el supermercado: llevaste queso cremoso bajas calorías y salsa de tomate. Dudaste con la salsa. Preferías que fuera casera, pero no tenías ganas de hacer tanto lío en la cocina. Al final compraste una salsa portuguesa que ya venía preparada. La elegiste porque tenía aceitunas y Gonzalo siempre decía que las aceitunas son buenas para la salud. La costumbre de comer sano te había empezado en tu época más drogona, pero por el otro lado te la dabas con todo: té verde para el desayuno y un clonazepam antes de irte a dormir, budines de algarroba de lunes a viernes y el fin de semana tomando ácido, sentir que el sábado ganaste todos los niveles y pasarte el domingo pidiendo *reset*. El equilibrio de un cuerpo al que creías controlar como al resto de las cosas.

Mientras hacías la fila en la caja del supermercado viste un chocolate. Pensaste en guardártelo en la cartera. En otra época lo hubieras hecho, pero ya no era divertido. Desde hacía tiempo te aburrías y por eso, quizás, te habías enamorado de

Rabec. Compraste el chocolate y también un Cachafaz que comiste en el camino de vuelta a tu casa, desesperada, para pasar el bajón de hambre. Te hubieras comido otro, pero querías cuidarte. Necesitabas cuidarte.

A Gonzalo no le gustaba que fumaras. Apenas entraste al departamento, dejaste las bolsas en la cocina y te cambiaste la ropa porque la que llevabas puesta tenía olor a porro. Te dio bronca no haberle pedido colirio al ninja. Regaste tus plantas, las acariciaste y les dijiste que estaban hermosas. Te dio miedo el cinismo de sentir amor por unas plantas que ibas a fumarte. Faltaba una hora para que llegara Gonzalo, así que pusiste *In rainbows* y lo escuchaste completo, disfrutando de cada tema como habías aprendido a disfrutar de Radiohead: siempre una oportunidad para trasladarte a otro plano, para recuperar algo de la esperanza que tenías cuando eras chica y te imaginabas viajando por las estrellas, y sin embargo de grande volabas con "Reckoner", *because we separate like ripples on a blank shore*, y te fuiste cantando a la cocina a rebozar las supremas. Tenías que pasar las supremas por la mezcla, escurrirlas, agregarles el pan rallado en una bandeja, ponerlas en el horno, esperar veinte minutos, pintarlas con la salsa y ponerles el queso arriba, cinco minutos de horno al máximo. Cocinar fumada. Eso que la profesora hacía en el departamento de Gonzalo.

—Se está quemando algo —dijo Gonzalo, apenas entró—. Lo vengo sintiendo desde el ascensor.

Le diste un beso en la mejilla. Mientras Gonzalo se cambiaba en la habitación sacaste las supremas del horno, las acomodaste en dos platos, llevaste el mantel, los cubiertos, los vasos y la botella de vino a la mesa.

—No quiero vino —gritó Gonzalo desde la habitación.

Comieron mirando el noticiero. Cada tanto hacías algún comentario en contra de los periodistas, el noticiero y toda la programación: mirá la cara de circunstancia que tiene el tipo, te ponen música de terror para que te dé miedo. A Gonzalo eso le molestaba. Hizo *zapping* pero volvió al noticiero. Habías terminado de comer. Gonzalo había dejado la mitad porque dijo que la suprema estaba cruda. Te hizo enojar. Le recordaste que antes había sentido olor a quemado. Eso no tenía nada que ver, la comida puede estar quemada por fuera y cruda por dentro, dijo Gonzalo. Sos un caprichoso, parecés una mina, le gritaste y te pusiste a lavar los platos porque era jueves y los jueves te tocaba a vos. Cuando terminaste Gonzalo seguía mirando televisión. Se estaba comiendo el chocolate que habías comprado.

—Lo encontré en tu cartera —dijo Gonzalo.

—Ese chocolate era para Lorena.

—¿Cuándo la ves?

—Mañana a la noche. Vamos a ir a cenar.

—Pero mañana a la noche me dijiste que me acompañabas al cumpleaños —Gonzalo agitó los brazos, como hacía siempre que pretendía obligarte a hacer algo.

Te habías olvidado de que tenían planes. Una vez por año había que pasar por ese suplicio: rodearse de periodistas de una revista de salud, gente que se pasaba el día copiando y pegando notas de Internet. Le mandaste un mensaje a Lorena. La única amiga que tenías era la hija de un ex y tenía 16 años. Habías salido unos meses con tu terapeuta. Era divorciado y los fines de semana le tocaba cuidar a su hija, así que tu terapeuta, Lorena y vos pasaban el fin de semana juntos. Con el tiempo se hicieron amigas y algún que otro domingo la invitabas a almorzar a la casa de tu mamá. En esos domingos Gonzalo, mamá, Lorena y vos funcionaban como una familia hecha de retazos de familias que estaban rotas. Era un conjunto ensamblado pero también pasajero, como las casas de *rastris* que a la profesora le gustaba construir cuando era chica y que desarmaba antes de irse a dormir.

—Ya está —dijiste cuando Lorena te contestó el mensaje—. Vamos al cumpleaños.

—No te preocupes —empezó a decir tu novio—. Puedo ir solo.

—Ya le cancelé a Lorena.

Gonzalo seguía haciendo *zapping*: aparecían viejas de rulos, conductores, caballos, autos, parejas, bailarinas, Ashton Kutcher en calzoncillos. Entre un cambio y otro las sílabas entrecortada: "plo", "ju", "fren", "vir", y también un acorde, una pantalla negra, la música de un canal que pasaba veinticuatro horas de *jazz*. Gonzalo no hacía nada que no hubiera hecho antes, pero te irritaba. La profesora se dio cuenta de que ya no lo quería. No se animó a decírselo. En cambio le preguntaste por qué te revisaba la cartera. Gonzalo te miró sin entender y con esa cara tan suya de "hacerse el boludo", entonces te dio tanta bronca que te encerraste en el baño.

La primera arruga te había salido entre la nariz y la boca. Tu dermatóloga te había dicho que no era exactamente una arruga: era una línea de expresión, sí, pero a los 20 años no la tenías. Te había salido en algún momento mientras caías por el trampolín que terminó cuando cumpliste los 30. En esa época, apenas te levantabas te mirabas la piel. Te habías empezado a poner cremas pero no servía de nada. Pensabas que te había pasado por sonreír demasiado. Era mejor cultivar la expresión indiferente que tenían tus alumnos, puros zombis, como la rubia con voz de pito que jamás sonreía, que cuando hablaba te daban ganas de pegarle una patada en medio de la cara. Esa no iba tener ninguna línea de expresión. Además había otras líneas: al lado de los ojos, en la frente, abajo de las ojeras. Apenas se veían, pero ya estaban ahí. La cara de señora que ibas a tener hasta que te murieras empezaba a formarse con esas arrugas. La profesora se bajó la bombacha. Se sentó en el inodoro. Hiciste pis. Tenías que salir del baño y decir lo que te estaba pasando con la relación. Gonzalo iba a empezar a los gritos, lo conocías bien. Hasta podía largarse a llorar. No era raro. Cuando miraban alguna película sabías exactamente en qué momento Gonzalo iba a llorar. Una despedida, alguien que estaba diciendo sus últimas palabras... hasta en esa película ridícula que vieron un sábado a la tarde, donde un elfo que trabajaba para Papá Noel había llegado a Nueva York para conocer a su padre humano y en un momento la gente cantaba villancicos, se recuperaba el espíritu navideño y el trineo de Papá Noel salía volando. Cómo vas a llorar por eso, le decías siempre. Eran una pareja al revés: la profesora parecía el hombre y Gonzalo la mujer. Hasta físicamente era poco hombre: flaco, con los bracitos de escarbadientes, la espalda sin músculos. Nunca supiste por qué te había atraído tanto.

Tiraste la cadena. Eran casi las doce y te esperaba una noche larga. Ibas a tener que sentarte, decir las cosas con sinceridad, esperar la reacción de Gonzalo, armar un bolso y salir. Podías quedarte en la casa del ninja. Al otro día era sábado y ni el ninja ni la profesora tenían que trabajar. Era un día perfecto para separarse. Te acordaste de una pelea con tu primer novio: habían llorado los dos y se miraban en el espejo. Se te había corrido el delineador. Tuvimos épocas mejores, habías dicho en ese momento, a los 18 años. Con Diego tenían un arreglo: si cortaban la relación y ninguno de los dos se había casado a tus 40, iban a reencontrarse en el Obelisco. Durante todo este tiempo no habías vuelto a acordarte del trato. Faltaban unos años, pero esa escena que en aquel momento te había parecido un delirio (vos a los 40, sola, esperando en el Obelisco que tu primer novio te viniera a rescatar), aparecía como una posibilidad concreta. Te ibas a quedar sin Gonzalo, sin el hombre que habías elegido para convertirte en otra persona. Decías "convertirte en otra persona", pero era que habías madurado. Nada que los psicólogos no anticiparan. Siempre habías creído que eras distinta, pero habías resultado ser de manual. Un capítulo en un libro de psicología. O peor: una nota en una revista femenina. Saliste del baño. Gonzalo tenía los ojos cerrados. Era obvio que se hacía el dormido.

—Me tenés harta —dijiste.

***

La profesora tenía que ponerle onda para seguir el hilo de lo que decían los compañeros de Gonzalo. Ahora criticaban a la cumpleañera, que había pasado de ser secretaria de redacción a directora y seguía haciendo los cumpleaños aunque ya no eran lo mismo, decían todos, y enseguida cambiaban de tema porque tenían miedo de estar armando puterío. Antes habían hablado de un redactor cordobés que en el almuerzo comía atún y le pasaba la lengua al fondo de la lata. Te aburrías escuchándolos, pero también te aburrías con la insistencia de Gonzalo para hacerte participar de la conversación. "Eusebio es el director de arte", te explicaba Gonzalo y vos decías que sí y sonreías, todo al mismo tiempo, aunque no te importaba quién era, ni por qué Eusebio, el director de arte, había sentido la obligación de avisarle al cordobés que tenía sangre en la boca porque se había cortado la lengua con la lata de atún. El resto del cumpleaños era igual de aburrido: en un sillón había una pareja discutiendo en voz baja, otro grupo conversaba en el balcón, dos mujeres bailaban la música que ellas mismas habían puesto en la computadora. Era un pop de los ochenta, lavado, sin alma, de gente que se sentía cool pero no había llegado tan lejos como vos.

—¿Y el petiso orejudo? —dijo uno de los diseñadores—, ¿quién se acuerda del petiso orejudo?

—No puedo creer que te acuerdes —Gonzalo se agarró la cabeza con las manos, el mismo gesto de siempre cuando algo lo hacía flashear.

Dijiste que ibas al baño y paseaste por el cumpleaños. En el centro del living había una mesa con comida. Bastoncitos de pollo, unas cazuelas con algo oscuro nadando en salsa y una botella de champagne por la mitad. Te serviste champagne en una copa. En algún momento de tu vida una copa te abría las puertas de una noche que nunca sabías cuándo ni cómo terminaba. De repente había dejado de funcionar: tomar alcohol te daba sueño.

—Está rico el champagne —escuchó que alguien le hablaba.

No lo había visto antes: un viejo de traje, uno de esos setentones chetos que tienen la piel bronceada todo el año.

—¿Vos también sos periodista? —preguntó el viejo.

—Docente.

—Me gusta —dijo el viejo—. Yo soy meditante.

—¿Militante?

—Pero de la conciencia. Soy "meditante". También soy profesor de yoga. ¿Hiciste yoga?

La profesora negó con la cabeza.

—Yo no. Mi mamá hace.

—Tendrías que probar. Te rejuvenece —dijo el viejo. Miraba por encima del mentón, igual que el señor Miyagi de *Karate Kid*—. Además, te hace un toro en la cama —y te hizo señas para que te sientes al lado de él.

Te gustaba encontrarte con tipos así. Te recordaban que en otra época quisiste ser un personaje como él. Antes de irte a vivir con Gonzalo, ese tiempo en que todavía te creías inmortal y la flasheabas con la comida sana y con el misticismo cada vez que te pegabas un viaje de ácido. El viejo te habló de los siete *chakras*, te iba a mostrar dónde estaba cada una de *estas puertas energéticas que nos comunican con el cuerpo sutil*. ¿Es tu marido?, dijo y señaló a Gonzalo. No era tu marido, pero vivían juntos. Entonces son novios, dijo el viejo. Estamos grandes para andar de novios, contestaste. Te dijo que no, que él también tenía novia. Ah, ¿sí?, dijiste. Novia y esposa. Las dos cosas, dijo el viejo y empezó con un discurso sobre el amor. El amor es demasiado grande y abstracto para pretender que se cierre a una sola persona, hay muchas maneras de amar y casi todas se mezclan entre sí, dijo. Pensaste que te quería levantar, que el "meditante del amor" era un vivo que te decía esas cosas para curtirte. No sé, contestó la profesora, yo creo en el amor para siempre. El viejo sonrió: el amor es energía y la energía cambia siempre. Preguntó si conocías los *chakras*. Sí, porque tu novio trabajaba en una revista de salud, ¿el meditante del amor no conocía la revista? Claro que la conocía, dijo el viejo, era amigo de la directora de la revista pero no leía pavadas, y agarró el brazo de la profesora y con la otra mano se señaló arriba de la cabeza, empezó a mostrarle los chakras: el de la coronilla, el tercer ojo (se señaló la frente), el de la garganta. Te acordaste de que había un chakra sexual. Le miraste las manos al viejo, llenas de manchas. Por alguna razón se te apareció el recuerdo de la espalda de Rabec. El quinto *chakra* —el viejo cerró un puño sobre el pecho—: el del corazón. Faltaba poco. No para ver a Rabec, sino para que el viejo llegara al *chakra* sexual. Buscaste la complicidad de Gonzalo, pero el grupo se había disuelto. El diseñador hablaba con una gorda y no había señales de tu novio. El del ombligo..., siguió y apoyó las dos manos abiertas sobre el cuerpo de la profesora. Hizo presión. Empezó a arrastrar las manos hacia abajo. Faltaba poco para ese chakra y para Rabec quién sabe. Lo peor de todo era la incertidumbre. No saber cuándo lo ibas a ver otra vez.

—Y... —el viejo apuntaba los dedos, las manos y los ojos directamente a tu segundo chakra. Pensaste que si el viejo te tocaba iba a profanar una parte de tu cuerpo en donde pensabas que había partículas de Rabec.

—El chakra sexual —dijo el viejo, pero no te tocó. Se quedó quieto y señalándote entre las piernas.

En el taxi de vuelta le contaste a Gonzalo la bizarreada de conversación que habías tenido. Que el meditante del amor tenía mujer y también tenía novia. Que defendía el derecho a amar de muchas maneras porque el amor es energía y la energía no se puede contener ni se mantiene en un mismo estado. Gonzalo se reía como hacía siempre que tomaba más alcohol del que podía aguantar. Dijo que conocía al meditante del amor porque le habían hecho una nota para la revista. Te dio un poco de lástima. Que Gonzalo escribiera en una revista de salud, que conociera a un personaje así porque lo había entrevistado, que tomara dos porrones de cerveza y se pusiera en pedo. Miraste la ciudad por la ventana del taxi. Ahí estaban, un invierno más, los dos juntos. Una vez había visto una película: *Irreversible*. En un momento aparecía una frase que la profesora no olvidó jamás: *Le temp détruit tout*. Era cierto, pero también mantenía en funcionamiento esas relaciones que no van para ningún lado. O quizás esa meseta donde quedaban todas tus relaciones, esa nada a donde llegabas siempre, era lo que en *Irreversible* llamaban destrucción. Te diste cuenta de que el tiempo no mata al amor. Lo convierte en un programa que ya no corre en tu computadora.

Cuando llegaron al departamento Gonzalo se hizo un té de tilo y te preguntó si querías. Se fueron a acostar. Hablaron de los bastoncitos de pollo que ninguno de los dos había probado. Gonzalo se quedó dormido primero y vos te tomaste un clonazepam y te pusiste a leer un libro que no podías terminar porque tu cabeza no paraba, porque apenas empezabas a leer te ponías a repasar tu vida. La tarde anterior habían ido al *shopping* con Gonzalo. Habían comprado un colgante de plata para tu mamá, tomaron un helado y entraron a los negocios de ropa de hombre porque Gonzalo quería una camisa. Encontraron una blanca con rayas grises que a la profesora no le gustaba, pero cuando se la vio puesta cambió de opinión. Te la regalo, le dijo, y Gonzalo se empezó a reír. Tuviste la sensación de que ese era el último momento real que iban a vivir juntos. ¿Con qué plata?, dijo Gonzalo. Te dio bronca no haberte sacado una foto con él para que el retrato de la cotidianidad de tu vida en tiempos de Gonzalo quedara para siempre en esa foto. Dentro de poco todo iba ser algo forzado. Agarrarlo cuando llegara del trabajo, elegir las palabras justas, que Gonzalo llore como una nena.

Diste una vuelta en la cama. Gonzalo respiraba profundo. Lo abrazaste porque de repente sentiste que iba a ser la última noche que dormías con él. No podías seguir viviendo esa farsa. Con una foto hubieras tenido el recuerdo de un estado de situación que no ibas a volver a vivir. Además había sido ese momento, porque después todo terminó como siempre: te había llamado el ninja para invitarte a comer, Gonzalo se había puesto celoso y empezaron a discutir. ¿Con qué plata?, te había dicho en el *shopping*, sacándose la camisa, con el tono de voz como si estuviera echándote en cara que no ganabas tanto como él. Te acordaste de que el ninja se indignó cuando le contaste, ¿cómo te va a decir eso? Estaban en el peruano y habían pedido un ceviche mixto y una Stella Artois. Ibas a comer, te ibas a poner en pedo y después a despedirte de Gonzalo. *Llorando se fue* –cantaba un cholo en un recital que pasaban en la televisión–, *y me dejó solo sin su amor*. Algún día lo ibas a llevar a Rabec a comer al peruano. Cuando pensaste eso sacaste el brazo que habías pasado por encima de Gonzalo. La profesora pensó que eso era lo mejor que podía hacer por Rabec: mostrarle el mundo que no conocía. Llevarlo a un restaurante donde pasan videos de bailes de un país al que Rabec no iba a ir si no era por tu influencia. El ninja no te miraba porque estaba ocupado comiéndose unos mejillones. La profesora le iba a enseñar lo que ninguna novia de 18 años podía enseñarle. Iba a ser un curso acelerado hacia la adultez, pero también, para vos, iba a ser una revancha. No querías volver a tener 18 años, querías sentir las cosas como las sentías antes de cumplir los 30, cuando todo te asombraba. Así era no poder dormirte cuando estabas con Gonzalo: acordarse, con él durmiendo al lado, cuando tenías tu primer novio y se pasaban las tardes juntos y a la noche volvías a tu casa para la cena. Habían salido tres años con Diego, igual que con Gonzalo. Parece que era la fecha de vencimiento de todas tus relaciones. Te gustaba Diego porque escribía los discursos para los actos. Hablaban en los recreos y un día te invitó a su casa. Se encerraron en el cuarto de él, toda la tarde, y la madre no le dijo nada. Vos no podías hacer eso en tu casa. Tu mamá estaba siempre encima: que cuidado con los varones, que no quería sorpresas, que primero se te hacen los amigos pero después quieren otra cosa. Ahora que estabas en la cama con tu futuro ex novio, tratando de dormir, y que repasabas tu vida con los hombres, te diste cuenta de que uno había marcado el comienzo de tu adolescencia: cuando rompiste con el mandato de tu mamá y te enamoraste de Diego. Ese primer día escucharon música, él te mostró fotos de chico y te llevó contra la pared. La profesora tenía 15 años y ya había besado a otros chicos, pero era la primera vez que estaba contra una pared. Le atajabas las manos como en *Karate Kid*, la escena donde el señor Miyagi tiraba un golpe y Daniel San lo evitaba con un movimiento hacia arriba y hacia abajo ("pinta la cerca", le había enseñado el señor Miyagi, durante todo el día, sin perder la cara de piedra). La profesora sonrió en la oscuridad cuando se acordó de que le había puesto nombre al pito de Diego. Otra vez los pensamientos volvieron al ninja, cuando estaban en el peruano y él seguía concentrado en los mejillones, uno por uno, como si buscara oro, y vos le habías preguntado qué opinaba del nombre Felipe para nombre de una pija. No te dio bola. Pensaste eso en la cama: que no te había dado bola, que toda su vida el ninja te había escuchado a medias. Te acordaste de que te habías puesto a mirar un recital de Los Kjarkas. Era así tu insomnio cuando tratabas de dormirte al lado de Gonzalo: pensabas en Los Kjarkas, que habían escrito el tema de "La Lambada" que bailabas a los diez años creyendo que era un tema brasilero. En ese momento no sabías que los brasileros le habían robado la canción a un grupo folclórico boliviano. De chica no te interesaban esas cosas, y además no existía Internet y enterarse de las cosas no era tan fácil. Antes había que buscar la información y guardarla en el cerebro. Ahora Internet era una extensión de tu cerebro. Ese mundo había aparecido cuando empezaste a salir con Diego, que era pro yanqui y se la pasaba escuchando música en inglés y mirando *Friends* o *Beavis and Butt-Head*. Cada tanto entraba a Internet y buscaba alguna foto de Nirvana, de Guns and Roses, un gif animado lleno de píxeles. No mucho más. En los noventa Internet no servía para mucho y la mayor parte del tiempo se la pasaban mirando MTV en el 29 pulgadas que la familia de Diego tenía en el comedor. La profesora le había preguntado al ninja si se acordaba de Diego. Lindo nene, había dicho el ninja, con la boca llena, y le llenó el vaso de cerveza. Esa tarde, encerrados en el cuarto de Diego, habías dado el primer paso de tu vida sexual acompañada. El sexo ya no iba a ser algo solo tuyo, que hacías en la cama, antes de irte a dormir, cuando papá y mamá miraban las películas de Space. A partir de Diego se había convertido en algo que te sentías obligada a compartir con un hombre. Te acordaste de que Diego te decía que le bajaba la presión, porque no aflojabas y según él no podía más del dolor en los testículos. Hasta se había hecho el desmayado. No te dabas cuenta, pero todavía eras una nena. Ahora que tratabas de dormir al lado de un hombre que te había visto desnuda mil veces te dabas cuenta de que en esa época eras una nena. Faltaba un tiempo para fumar el primer porro, con el ninja, con Natasha y los otros chicos, y que no te pegara hasta el viaje a Florianópolis, todavía en la época del uno a uno, cuando se fueron todos juntos de vacaciones y el primer día, ni bien llegaron, el mozo del restaurante donde habían ido a almorzar les preguntó si querían algún producto local. El ninja quiso saber qué productos podían ser y el mozo dijo *"produtos pra mente"*. Compraron cien dólares en porro. Cuando vieron la cantidad que era no lo podían creer, pero la profesora no hay caso, no me pega, hasta que por fin el porro la había hecho toser tan fuerte que Natasha dijo ahora sí te va a pegar, y un rato más tarde los veía a todos grumosos, la música de Chili Peppers más guitarra y batería y surfers que nunca.

—Estás llevando gente —dijo Gonzalo, dormido.

No te molestó que hablara dormido. Por lo menos te había sacado, por unos segundos, de tus pensamientos. Sabías que el clonazepam la iba a tener difícil, que tenías la cabeza a mil. Pensaste "la cabeza a mil" y se te vino a la mente el año dos mil, pleno auge de *Californication*, la banda de sonido de tu primera juventud. Cuando empezaron a armar las pipas con botellas de agua mineral, el primer cartón de ácido en una fiesta por el día del amigo. La profesora se había olvidado de eso. Era un recuerdo que había aparecido de la nada. ¿No era ese el efecto del porro? Lo sabían desde siempre: a largo plazo provoca pérdida de la memoria. ¿Cuánto tiempo hacía que fumaba? ¿Diez años? El largo plazo había llegado. Eso le iba a decir al ninja la próxima vez que se juntaran. Pensó en eso y se prometió que no pensaba más, que iba a quedarse dormida, pero ni bien tomó esa decisión apareció la cara de Rabec mirándola desde su banco, con el flequillo y los ojos marrones, y enseguida cuando la esperó en la esquina y le preguntó dónde vivía, y la profesora se dio cuenta de que detrás de esa pregunta había algo más pero lo dejó pasar. Rabec, que tenía 18 años pero hacía cosas de tipos más grandes: hablarle cuando iban en el subte, hacerse el boludo para preguntarle si tenía novio, saludarla con un beso cerca de la boca. Pocas veces te habías encontrado con flacos así, pero ahí estaba. Tenías que hacerte la boluda, un poco porque te daba vergüenza de vos misma y otro poco porque todavía creías en la fidelidad. No eras una monja, todo lo contrario. Creías en la fidelidad como una cuestión de orgullo, porque ser infiel te mostraba débil ante la carne, una mente incapaz de controlar al cuerpo. Si estabas en pareja y te empezaban a pasar cosas con otro, terminabas la relación y entonces sí. *No sé cuál de los dos ha fallado más* decía una canción, en el peruano, y en el video las cholas se agarraban el corazón y levantaban las manos al cielo. Le habías dicho al ninja que era eso, que en realidad no sabías si eras vos o era Gonzalo el problema, lo que sabías era que eras infiel y no querías seguir mintiendo, y el ninja tampoco te había dado bola. Habías tomado mucho pero cuando salieron caminaste como una dama. Te acordaste de que hacía un frío tremendo. Esa noche Gonzalo iba a cenar con sus amigos, así que tenías tiempo. Pensabas volver al departamento y hackear la cuenta de Rabec. Tenías que buscar cómo hacerlo. ¿Vos sabés cómo?, dijiste. Dejate de joder, dijo el ninja. Parecía que de repente se había despertado. ¿Vamos?, dijo. ¿A dónde?, había preguntado la profesora, pero el ninja paró un taxi y te hizo ese gesto de ya vas a ver. Como no tenías ningún plan excepto hackear la cuenta de un adolescente, preferiste mantener algo de dignidad y te fuiste con el ninja. Viajaron sin hablar. Ibas mirando por la ventana. Pensabas que los taxistas eran el mejor público para actuar el papel de novios. No se lo ibas a decir al ninja. Te habías enojado. En el fondo tenías la esperanza de que el ninja te estuviera llevando a la casa de Rabec. Todo el tiempo tenías ideas estúpidas: que un día ibas a llegar a tu casa y Rabec iba a estar acostado en la cama, en lugar de Gonzalo, que Rabec hacía planes para dejarlo todo y escaparse con vos a algún lugar donde el tiempo corriera hacia atrás. Puro flash. El ninja no sabía la dirección de Rabec.

—¿A usted qué le parece? —había dicho el ninja, de repente, hablándole al taxista—: ¿Hacer el amor es lo mismo que coger?

Siempre hacía preguntas así en los taxis. Era su número. Ese y hablar cada vez más afeminado.

—Vas a ver lo que es este lugar —había dicho el ninja.

Un rato más tarde había un pasillo largo, una sala con arneses y las paredes pintadas de negro. En un escenario había dos hombres: uno estaba atado y tenía una mordaza en la boca. El otro le retorcía los huevos. La profesora no supo si esto último había pasado o si lo estaba soñando, porque en algún momento el clonazepam le hizo efecto y se quedó dormida. Pero tu cabeza no paraba y soñaste que estabas con Gonzalo en un taxi que los llevaba a comprar pescado a París. "Ahí vamos", decían los dos, al mismo tiempo. Y escuchabas un motor que sonaba tan fuerte que no tenía sentido.

Te despertaste.

Eran las dos de la mañana y estaban tocando el timbre. Te levantaste de la cama y te pusiste la bata de toalla que usabas para salir de la ducha. Te sentías mareada. Saliste de la habitación caminando como podías, pero cerraste la puerta sin hacer ruido. De repente tuviste una corazonada y se te prendieron todas las lamparitas. Fuiste hasta la cocina acomodándote el pelo. Cuando levantaste el portero eléctrico, el corazón te latía tan fuerte que tuviste miedo de que te diera un infarto.

¿Quién es?, preguntó la profesora, en voz baja, mientras Gonzalo dormía en la habitación y ella pensaba cómo iba a hacer para salir, con qué excusa, a dónde iba a escaparse con Rabec que la había ido a buscar. Pensaste todo eso en los segundos que pasaron entre que levantaste el portero eléctrico y escuchaste la calle, el camión de la basura que justo estaba pasando. ¿Quién es?, repetiste, y por fin apareció una voz que al principio te pareció la de Rabec pero no, preguntaba por ¿Néstor? ¿Héctor?, un nombre que no correspondía, acá no vive nadie con ese nombre, y volver a la cama para acostarte con Gonzalo que te preguntó si había descuentos, ¿hay?, ¿es mucho?, y enseguida se quedó dormido otra vez.

Pediste por favor que el clonazepam te volviera a hacer efecto.

✳✳✳

Nunca encontraba el momento para hablar con Gonzalo. En realidad no lo buscaba. Gonzalo llegaba del trabajo y la profesora tenía lista la cena y el día que le tocaba cocinar a él le dijiste de ir a comer afuera. Pensaste que quizás te animabas en un lugar neutral, pero tampoco. Cuando estabas a punto de confesarle que estabas confundida y que necesitabas un tiempo, te venía a la cabeza una idea que te hacía dudar de todo: que la última vez Rabec no había querido ir a tu casa. Ella le había preguntado si tenía miedo. ¿Miedo de qué?, había dicho Rabec. No sé, miedo, a veces los sentimientos dan miedo. Estaban esperando el subte. Te habías acercado a él aunque había compañeros que los miraban. Pasa que estoy triste, dijo Rabec, y que los padres se iban a divorciar y además al otro día cumplía un año de noviazgo. Te asustó que hubiera hablado de la novia. ¿Por qué te la había nombrado así, sin preocuparse, como si no te importara? Le hubieras preguntado, pero no querías ser patética. ¿Nos vemos la semana que viene?, le había dicho, y Rabec le prometió que sí, que tenía ganas. No se te olvidó nunca: llegó el subte, Rabec te dio un beso rápido en la boca y se fue. Después le habías hecho la llamada perdida que no contestó, y le habías mandado un mensaje que tampoco. Te estabas empezando a acostumbrar a que un pendejo de 18 años te desacomodara. Esa era la palabra correcta: te estaba desacomodando. Te obligaba a hacer pendejadas. Como no te contestó ese mensaje le mandaste otro, y como tampoco te contestó ese otro le pusiste una carita triste. Eso fue un miércoles. Al otro día la profesora llegó más temprano a la UNI para esperar a Rabec. Hacía frío pero estabas en las escaleras, mirando a ninguna parte, haciendo que hablabas por celular. Los alumnos llegaban todos más o menos vestidos iguales y la profesora tenía terror de que Rabec pasara de largo. Se hacía tarde y tenías que empezar la clase, pero te quedaste otros cinco minutos. Te diste cuenta de que ya no podías humillarte más y subiste al curso. No había pasado de largo: Rabec no estaba. Tomaste lista. Dijiste igual su apellido para hacer de cuenta de que no te acordabas de él. Le pusiste ausente y se te partió el alma. La rubia con voz de pito que se sentaba al lado hacía comentarios con otro compañero y te miraba. Se había pasado toda la clase mandando mensajes. Te fijaste en tu celular: Rabec no aparecía conectado.

En el recreo veías a Rabec por todos lados. Pibes cancheros y lindos como en la propaganda de una cerveza. Hablaban de boliches, de lo que iban a hacer el viernes, de la resaca que habían tenido. Lo que más te sorprendía era que hablaban de las mismas cosas que vos con el ninja y con Natasha. Estando en el lugar de esos pibes creías que las fiestas iban a pasar a la historia como una época, como el Mayo Francés o el Flower power, el tiempo del despertar de una generación. En el caso de ustedes iba a ser la generación que había aprendido el

Amor Universal gracias a una pastilla que los hacía sentirse partes de un todo. Pero no. La profesora había pasado por una etapa que en algún momento les llegaba a los hijos de la clase media acomodada. Pensar que, drogándose, hacían algo por la humanidad, que flashear túneles de luz los acercaba a Dios y que si estaba todo bien con Dios entonces eran buenas personas. Palacio Alsina, Creamfields, Moonpark, las fiestas donde la profesora había experimentado la felicidad extrema, la percepción sin límites, el cuerpo liviano como bolitas hechas de pluma. Esa ilusión que ya no sentías y que para tus alumnos era la gran esperanza.

Te sentaste en un banco al fondo del patio. Desde ahí podías ver a todos los que pasaban.

Bailar con la cola pegada en la cola de un chico que no conocías, segura de que él también te estaba "percibiendo" (esa era la palabra porque estabas de espaldas y era como si la piel, a través del jean, lo sintiera), metidos en la burbuja de la música. La profesora y Natasha con las manos abajo de un chorro de crema, sintiendo los dedos como peces haciéndose el amor en un frasco de miel. El problema era que no podías volver a eso. Era como si estuvieras en otra realidad. Un truco de magia que ya no te creías. Como el amor, pensaste, porque en el amor tampoco creías como antes. Estabas teniendo un pensamiento de fumada. Te dabas cuenta. O pensabas boludeces para olvidarte. No aguantaste más y le escribiste otro mensaje. ¿Cuántos iban? Habían pasado los veinte minutos del recreo. Tuviste que ir al aula. Miraste los bancos vacíos de Rabec y de la rubia con voz de pito, que no había vuelto del recreo. El celular te avisó que había entrado un mensaje. Deseaste con todas tus fuerzas que fuera Rabec, pero era Gonzalo. Parecía a propósito. El resto de la clase fue una tortura. Esa tarde no pasaste por la casa del ninja, volviste al departamento y estuviste todo el día esperando que Rabec se conectara. Se conectó el ninja y le contaste que la estabas pasando mal. Se conectó Natasha y la profesora miró la foto del perfil y se dio cuenta de que a ella también le habían salido arrugas. Cliqueaste sobre el nombre de Rabec, como si con eso pudieras hacer algo. Una, otra vez, click derecho y "Propiedades". Todo inútil.

Llegó Gonzalo y le mintió que estaba escribiendo. Se había decidido. Iba a recuperar su vocación de escritora. ¿Te vas a quedar hasta tarde?, preguntó Gonzalo. Le dijiste que sí. Gonzalo comió solo. Cuando terminó seguías en la computadora, así que se fue a dormir. A las tres de la mañana Rabec por fin se conectó: ni bien apareció le escribiste hola. No sacabas los ojos de la pantalla. *dónde andabas*, le pusiste. Te contestó *estoy enfermo*. Pusiste una cara triste. *te quiero ver*, escribió la profesora. Habías jugado una carta fuerte, pero te tenías fe. Esperaste que Rabec contestara. El corazón te empezó a latir fuerte. Tu te quiero ver había quedado grabado a las 3:08. Eran las 3:12 y nada. Le hiciste un signo de pregunta. 3:13. Una carita triste. 3:15. Al final apareció la respuesta: *lo tendría que haber dicho antes pero no quiero que sigan pasando cosas entre nosotros*. Eso escribió Rabec. "Que sigan pasando cosas entre nosotros". *A qué te referís con pasando cosas*, pusiste. Rabec le dijo que se entendía, *algo físico*, y entonces la profesora le preguntó por qué y ahí Rabec ya no contestó. Esperaste un minuto, dos. Rabec seguía conectado pero no te contestaba. Le pusiste otro signo de pregunta. 3:23. Te levantaste para ir a buscar un vaso de agua a la cocina pero era una excusa que usabas para engañarte. No querías seguir viviendo esa tortura de esperar que aparecieran las palabras de Rabec. Querías volver y encontrar la respuesta. Mirar la pantalla y ver que Rabec te había hablado. Te serviste un vaso de agua, hiciste un poco más de tiempo guardando los platos que habían quedado sobre la mesada. Volviste a la computadora con miedo de mirar: tu signo de pregunta seguía cerrando la conversación. No lo pensó más: la profesora escribió lo único que no tenía que escribir, *creo que estoy enamorada*, con una carita feliz, con todo lo que podía hacer para arrastrarse frente a un pendejo de 18 años. Tuviste lo que querías: una respuesta, aunque hubieras preferido que fuera otra. Rabec contestó que no podía cumplirte el deseo. *no puedo cumplirte el deceo*, escribió, y ese error infantil te hizo más mierda todavía. Le dijiste que no hacía falta que fueran novios (escribiste "novios", eras patética), que podían ser amantes. Cada uno podía conservar su pareja pero entre ellos tenían que hacer un oasis. Oasis, dijiste. *una sola condición*, escribió la profesora, *me tenés que prometer que nos vemos por lo menos una vez cada quince días*. No le importaba que Rabec fuera de ella. Tenía la suficiente experiencia para saber que a la larga iba a dejar de gustarle. Quería a Rabec amante, que el amor no muriera nunca. *que nunca nos convirtamos en una estatua llena de caca*, escribió la profesora. Eso escribiste. Y te quedaste esperando a ver qué decía.

2.0

Tiësto había sido la cresta de la ola. Dos mil, tres mil, cuatro mil personas. Nunca supo cuánta gente. Tocaba con una camiseta de la selección argentina y se había parado arriba de los equipos para arengar. La gente saltaba cuando tiraba esos *beats* y la profesora y Natasha volaban en plena burbuja cuando el Dj tocaba sonidos flasheros y entonces respirabas profundo y era la pasti que te estaba subiendo. La profesora la sentía en la espalda: un bosque de mariposas que hacían cosquillas en las piernas, una vibración en la cintura que te recorría la espalda hasta que salía por el pecho. Estaba al lado de Natasha, sentía las manos de Natasha contra las de ella. El corazón se te salía por el pecho y dijiste que nunca antes habías sido más feliz. Se lo había dicho a Natasha y al ninja, y tenía la mandíbula dura pero igual se escuchó decir nunca fui tan feliz y era verdad, por más drogada que estuvieras. Natasha la había abrazado y el ninja también, a las dos juntas, los tres en medio de la pista esperando que Tiësto pinchara la burbuja para saltar desaforados. Tocaba el adagio, un *cover* de un compositor estadounidense que nunca habías escuchado nombrar, Samuel Barber, y que aunque en ese momento tampoco lo sabías, iba a ser, para siempre, la cortina musical de los últimos años de tu adolescencia. La profesora vivía con mamá y papá, papá no había tenido el accidente y ni siquiera habías empezado una relación con tu terapeuta. Su único novio había sido Diego y desde que habían cortado tenía tiempo y ganas para juntarse con el ninja, con Natasha y los demás. Esa noche, ni bien habían llegado a la catedral, el ninja se había puesto a hablar con un chongo que se parecía a He-Man. Natasha y la profesora no lo pudieron convencer de que estuviera con ellas. Habían aspirado ketamina y media pasti picada. Habían leído que el éxtasis aspirado mantenía los efectos flasheros y bajaba la parte anfetaminosa, y que te hacía un efecto parecido a los cristales de md que aparecían cada tanto. En esa época ya eras profesora pero dar clases era más un juego que tu modo de supervivencia. A veces te cruzabas con algún alumno. No te importaba, porque sentías que las fiestas eran tuyas. Tomabas pasti por la nariz y mezclabas ketamina para desdoblarte. Tus alumnos no habían leído a William Blake ni a Castaneda, ni habían entrado nunca a psiconautas.com, que ya ni siquiera existía, ni a erowid.org. Y si lo habían hecho a la profesora no le importaba. El viaje había sido suyo y de Natasha sin la remera, en corpiño, bailando como poseída hasta que se sacó los lentes de sol y dijo que fueran al baño. El flash de mirarse en el espejo y que los ojos se te dieran vuelta, alta fiesta, dijo Natasha, y la profesora casi no podía hablar porque estaba en plena subida, y Natasha dijo que le encantaba el chongo que estaba bailando con el ninja, que la pasti era buenísima, la mariposa, te hace el efecto del nombre, y entró a hacer pis y la profesora entró con ella y la miraba a los ojos, Natasha agarrándose de la profesora para no apoyarse sobre la tabla del inodoro, el chorrito de pis que la profesora nunca supo si alucinó o fue cierto, no podías acordarte, algo de lo que había pasado en ese baño había desaparecido para siempre en medio de las vueltas que la pasti te daba en el corazón.

***

Entendiste que no había vuelta atrás cuando te pasaste el viernes, desde la mañana y hasta que volvió Gonzalo, esperando que Rabec se conectara. Mirabas el chat a cada rato, pero la palabra "caca" que habías usado seguía en el mismo lugar y Rabec la había visto pero había decidido dejarla ahí. Querías saber en qué momento te habías equivocado, cuándo habías perdido el control de la relación.

A la noche tuviste que caretearla con tu novio. Gonzalo dijo que estaba contento de que volvieras a escribir, que lo llenaba de orgullo, y pidió una pizza margarita y te la sirvió para que no tuvieras que levantarte de la computadora. No tuviste el menor remordimiento. Mientras comías analizabas la situación: el mayor error había sido no jugársela. Los pendejos necesitan héroes. ¿Qué imagen le había dado la profesora cogiéndoselo a escondidas de Gonzalo? Un poco estaba bien, pero tenía que demostrarle más compromiso. Prepotencia de compromiso, como habían hecho mamá, la abuela, todas las mujeres antes que ella. Lo había tenido tan cerca y sin embargo se le había escapado. Pensaste que quizás ellas también tenían su Rabec escondido. Que lo que parecía ser el amor de la vida era, en realidad, el único amor que había sido posible. A las cuatro de la mañana te diste por vencida y te fuiste a acostar. A la profesora le dio miedo pensar que Gonzalo podía terminar siendo el único que le había dado la posibilidad.

El sábado le escribiste otro mensaje a Rabec, le preguntaste si estaba bien. Gonzalo te dijo de ir al cine y le contestaste que no. Te propuso ir a cenar y tampoco quisiste. Tenés que descansar, dijo Gonzalo, y te enojaste y le gritaste que dejara de boicotearte. Pasaste el día esperando que te contestara y para que la espera pasara más rápido buscabas datos de Rabec: dónde vivía, el teléfono, el número de documento, las preguntas que había hecho en un foro de música, una sola, tres años atrás. Estuviste a punto de llamarlo. Dabas vuelta con el dedo encima del botón que marcaba el número de Rabec, pero te aguantaste. Tenías miedo de que estuviera con la novia, terror a que la novia se diera cuenta de que andaba en algo, que le prohibiera verte, que lo obligara a elegir con quién quedarse y no fueras la elegida. Era como jugar al Giana Sisters y que te quedara una vida. No podías equivocarte. La próxima clase lo ibas a reconquistar. Ibas a vestirte con tu mejor escote, recién salida de la peluquería, hecha una diosa, pero apenas le ibas a dar bola. La idea era que Rabec se quedara con las ganas, que se sintiera inseguro. El juego de hacerle creer que te había perdido.

El domingo fuiste con Gonzalo a comer a la casa de tu mamá. Gonzalo estaba enojado porque no le habías dado bola en todo el fin de semana. Le dijiste que siempre hacía lo mismo: me pongo a escribir en serio y ya te estás quejando. No escribías nada, dijo Gonzalo, te la pasaste mirando la pantalla. Cuando mamá abrió la puerta los dos disimularon.

La profesora le dijo feliz aniversario y Gonzalo le dio el colgante que le habían comprado en el shopping.

—Yo no uso plata —dijo tu mamá.

Tenía el delantal salpicado de salsa. La profesora le explicó que lo podía cambiar. ¿Quería de oro? Okey. Mañana mismo se lo cambiaba. Decime cómo está papá, dijiste, y mamá puso la misma cara de siempre: está durmiendo. Te pidió que pusieras la mesa. Decile a tu marido que te ayude, dijo y le sonrió a Gonzalo:

—Disculpame que te haga trabajar.

Gonzalo contestó con otra palabra que odiabas: para eso estamos, suegra. Tuviste que apretar los labios para no mandarlos a todos a la mierda. Te acordaste de los domingos de otra época: la mesa con mamá, tu terapeuta, Lorena y vos. Al principio era raro, porque tu terapeuta no sabía cómo comportarse y encima mamá los opacaba a todos. Ese había sido uno de los problemas. La relación entre vos y tu terapeuta no era social. Si había gente, tu terapeuta se aislaba y empezaba a buscar una excusa para enojarse. Al principio los domingos en la casa de tu mamá eran iguales, hasta que tu terapeuta entró en confianza y parecía que siempre habían almorzado juntos.

Mamá puso a hervir los ravioles. Vayan a lavarse las manos, gritó. La casa no había cambiado en nada desde el accidente de papá. ¿Cuánto tiempo había pasado? Parecía la misma casa desde que la profesora se había mudado con Gonzalo. Los adornos, el olor de la cera del piso y la salsa de tomate. Esas cosas se extrañaban sin darse cuenta.

—Siéntense —dijo mamá, todavía con la cuchara en la mano.

Gonzalo sirvió los ravioles: primero a su suegra, como siempre. Gonzalo te hacía acordar a una vieja y mamá le daba más bola a él que a vos. Él la había convencido de cosas que la profesora nunca se hubiera imaginado, como que mamá hiciera yoga porque según la revista era bueno para mantener la fortaleza de los huesos en la tercera edad. Le había dicho así, tercera edad, y tu mamá no lo había mandado a la mierda.

—¿Cómo estás, nene? ¿Alguna novedad? —dijo mamá.

—No —contestó Gonzalo.

Mamá le sonrió y empezó a hablar. Que le gustaba la novela de la tarde, que ahora estaba preocupada porque parecía que a la chica la iban a meter presa por robarse unas joyas, pero ella no había sido. A mamá no le importaba que la chica se hubiera robado o no las joyas, estaba preocupada porque si la ponían presa era que la novela se estaba por terminar. Gonzalo dijo que no le parecía, después los guionistas inventan otra cosa. Mamá sonrió otra vez. Mi yerno es muy inteligente, dijo tu mamá. La profesora pinchó el primer raviol. Masticó. Eran las dos menos veinte. Te acordaste de *Jules et Jim*: en medio de una conversación, Catherine, Jules y Jim se callaban. Uno de ellos, no te acordabas quién, decía que los ángeles pasaban a esa hora. Jeanne Moreau cantaba: *On s'est connus, on s'est reconnus, / On s'est perdus de vue, on s'est r'perdus d'vue / On s'est retrouvés, on s'est réchauffés / Puis on s'est séparés*. Habías buscado la traducción pero no te la acordabas. Era lo de menos. Lo que a la profesora le gustaba de esa canción era espiritual, que fuera parte de una película sobre las distintas formas del amor, como había dicho el meditante. A Rabec le iba a enseñar esas cosas. La película y que la vida es un *tourbillon*, ¿un torbellino? Nunca había entendido por qué, pero le gustaba igual.

—¿Cobró con aumentó la jubilación? —preguntó Gonzalo—. Vi en el noticiero que aumentaban.

—Un poco —contestó mamá.

—Yo siempre le digo a su hija que a usted la plata nunca le interesó.

—Nada —dijo tu mamá—. La plata va y viene. Otra vez se quedaron callados. Las dos menos cuarto. Gonzalo tenía esas cosas: "Yo siempre le digo a su hija". Un boludo. Tenía razón Lorena, que siempre te decía eso de Gonzalo. La amistad que tenías con Lorena era casi perfecta, excepto porque ella nunca había aceptado que te hubieras peleado con su papá. No lo entendía, por más que le explicabas que esas relaciones eran muy difíciles: tu terapeuta tenía doce años más, tenía una hija, otras necesidades. Las relaciones funcionan cuando las dos personas quieren lo mismo. Eso te daba escalofríos. ¿Qué quería Rabec a los 18 años? Lo pensó mejor y se dio cuenta de que no: la relación con tu terapeuta no había funcionado porque él estaba loco. Al principio te parecía normal que cambiara de humor. Con el tiempo entendiste que era neurótico.

—¿Y Lorena cómo anda? —preguntó mamá.

Parecía que te leía el pensamiento. Le dijiste que estaba bien, que siempre se seguían juntando para charlar. Rogaste que no te preguntara por tu terapeuta. No tenías ganas de hablar en clave. Hacía poco te lo habías cruzado por el barrio. Porque encima eso: tu terapeuta vivía cerca del departamento donde vivías con Gonzalo. Por suerte tu novio no tenía idea de cómo era tu terapeuta, ni viceversa, porque Gonzalo era celoso y tu terapeuta era un pesado: trataba de reconquistarte, como si no pudiera entender que no había vuelta atrás. La profesora tenía pocas certezas, pero de eso estaba segura: nunca más iba a volver con él, mucho menos sabiendo que nada de lo que habías vivido antes de Rabec te importaba demasiado. Era como la historia que le habían enseñado en el colegio de las monjas: antes de Cristo o después de Cristo. La profesora estaba partida al medio por la aparición de Rabec. No solo por lo que ya había pasado con él, sino por todo lo que faltaba. Lo había imaginado muchas veces: un domingo mirando películas de Truffaut, otro con Godard, Resnais, Chabrol. Le podías enseñar francés, lo poquito que sabías. Cultura y al mismo tiempo el camino de los excesos. El abc de un buen *hipster*. Cómo odiabas que te dijeran *hipster*. No te considerabas dentro de esa categoría, pero sí, tenías todas las características: que te gustara la comida étnica, que vieras cine de autor, que te creyeras que eras gran cosa. *Hipster* o burguesa bohemia, era lo mismo. Otra clase para darle: alcohol, porro, pasti, merca y terminar la adolescencia con más de 30 años, fumando con tu mejor amigo. Contarle de tus viajes con hongos, cuando el ninja estaba tirado en el piso, llorando, y vos metida adentro de la ducha le decías que dejara de llorar porque parecía un ballenato enfermo de sífilis. Eso no lo sabía Rabec, no sabía nada sobre los hongos. Que los hongos te hacen conquistar nuevos lugares de tu casa. Que de repente estás conversando con tu amigo en el baño, parada arriba del inodoro, tu amigo arrodillado en la cocina, y que te caen lágrimas porque alucinás imágenes tan hermosas que no aguantás la alegría. Todo eso le ibas a contar, pero tenías que convencerlo de que se vieran. El próximo jueves, en la facultad, histeriquear con otro para que le dieran ganas. Nunca falla. Pasara lo que pasara, habías decidido que ese era el último domingo con Gonzalo. Verlo masticar te daba asco. Verle las manos con las que te había tocado te hacía dar ganas de vomitar.

—¿Querés más, nene? —preguntó mamá.

Gonzalo dijo que no con la cabeza, pero que estaba muy rico. Alguna vez había hecho cualquier cosa por estar con Gonzalo. *Le tourbillon de la vie.* ¿Para qué lamentarse? Escucharon voces que llegaban del cuarto de papá. Se oían gemidos y una mujer gritaba *oh, God* y un hombre bufaba.

Gonzalo agachó la cabeza. Todos los domingos escuchaban las películas de papá y todavía le daba vergüenza.

—¿Vos lo podés cuidar el viernes? —te dijo tu mamá.

—¿A papá?

—Sí.

—Está bien —dijo la profesora.

—Voy a cenar con las chicas de yoga —siguió mamá, pero le pediste que no te diera explicaciones.

Gonzalo masticaba un pedazo de pan. Mamá empezó a sacar los platos y la profesora se preparó mentalmente para lo que le esperaba.

***

Papá tenía la boca abierta y le caía la baba por el mentón. Mamá lo había convencido de bajar el volumen del televisor, por lo menos, porque papá se ponía a gritar "como si lo estarían fajando" si le cambiaba de canal, dijo mamá. La profesora se avergonzaba de que su mamá dijera "estarían". De eso y de muchas otras cosas que en una época la sacaban de quicio. Había madurado y estaba en paz, empezaba a darse cuenta de que estar mejor educada que mamá no le había servido de nada. Al contrario. Ya bastante papelón con que estemos comiendo y se escuchen esos gemidos, dijo mamá y retiró las sábanas. Te diste vuelta para no mirar, pero el olor a caca se te metió en la nariz. Sabías de memoria la secuencia: mamá levantando las piernas de papá, las piernas de papá abiertas, los huevos colgando, la toallita con perfume de limón sacando la caca. En el televisor dos rubias se tocaban, se pasaban aceite por el cuerpo, un negro las espiaba y se metía la mano en el pantalón.

—Ya está —dijo mamá.

Por lo general papá reconocía a la profesora, pero a veces no registraba nada. Mamá decía que era por la medicación. El negro por fin se había bajado los pantalones y las dos rubias se turnaban para chupársela. Una de las rubias se acostaba en el piso. Tenía zapatos con taco aguja.

—Vuelvo temprano —dijo mamá.

Dijiste que estaba bien. Le diste un beso a tu mamá y esperaste que saliera para sentarte al lado de tu papá y sonreírle. Te sentiste aliviada de alejarte un poco de Gonzalo. El horario era lo de menos. Al contrario: preferías estar muchas horas con tu papá. Pensabas pasar la noche esperando que Rabec apareciera en el celular. Además empezabas a acostumbrarte a que tus viernes hubieran cambiado tanto. Papá no sacaba los ojos de la pantalla. Te dio vergüenza mirar: la punta del taco de otra rubia se clavaba en el hombro de otro negro que brillaba como una bola de cristal. La rubia gritaba.

En esa posición (las piernas abiertas, los ojos cerrados, la mano acariciándose), había estado la profesora, un viernes, teniendo sexo en un viaje de éxtasis con Rabec.

—¿Podemos cambiar de canal? —preguntó la profesora.

Agarraste el control remoto y pusiste otra cosa. Tu papá se puso a gritar como loco. Está bien, dijiste, dejo la película. La rubia seguía en la misma posición. ¿En qué momento se había terminado todo? Tenía la sensación de que el cambio había sido repentino. Despertarse un día y ser un gusano. Como las mariposas, pero al revés. La habían criado como una princesa, igual que a mamá, a Lorena, a todas las nenas que sueñan con casarse de blanco. Habías elegido el camino de los excesos porque pensaste que así llegabas a la sabiduría. Error. Le estabas limpiando el culo a papá. Tu juventud terminaba como una película de John Waters, oliendo mierda, cambiándole los pañales a un bebé de 70 años. Lo único digno que te quedaba era Gonzalo, aunque eso había dejado de ser amor hacía rato, como te pasaba siempre que te ponías de novia. Apenas empezaba a sentirse cómoda construía ese personaje mezcla de mamita buena y diablo enjaulado. La mamita buena te hacía dejar de lado el sexo. El diablo enjaulado te hacía pensar en todo lo que te estabas perdiendo por estar en pareja. Cómo odiaba la profesora esa palabra. Le sonaba a viejo, de los ochenta, como "macanudo". "Pareja" y "macanudo" iban de la mano con todo lo que había vivido de chica: la República de los Niños, el Italpark, las películas de Olmedo y Porcel. Había algo de esa época que reconocías como parte tuya, pero era la parte que te estaba arruinando. Gonzalo era suficiente para cualquier mujer. ¿Por qué vos no podías? El típico pelotudazo que le cae bien a todo el mundo. El que las suegras aman. El problema era que habías tomado conciencia de que los años de tu infancia quedaban demasiado lejos, pero en un sentido literal, no como esas frases hechas que una nunca termina de entender. ¿Le habrá dado miedo enamorarse? Otra vez pensabas en él. La profesora tenía que acostumbrarse a que por un tiempo largo ese pendejo iba a aparecer a cada rato. Una calesita con Rabec en el medio, con esa cara de payaso de viernes 13 que pintaban en las calesitas. Viernes 13, había pensado. Encima eso. Estabas hecha una pelotuda cooptada por el imperialismo yanqui. Te habías pasado la vida levantando banderas que se quebraron como cubitos de hielo. Llegar a esta altura para ponerse mal porque un pendejo no te da bola, como si yo no supiera que a la larga todo termina siendo una porquería, dijiste mientras tu papá miraba la película y te largaste a hablar porque tenías que sacarte toda esa porquería de adentro. La profesora ni siquiera sabía si papá la escuchaba. Por eso le contaste todo. Que al principio no estabas interesada porque Rabec era muy chico. Que habías aflojado porque te sentías honrada de tener esa edad y que un pendejo se fijara en vos. Que hasta la noche que habían tomado éxtasis era una diversión, pero ese viernes te habías enamorado de Rabec. Había sido una boluda, obvio, porque el éxtasis enamora a la gente. Vos misma se lo habías dicho cuando te dijo que quería probar: tené cuidado que el éxtasis te enamora, pero no te lo creas, es una ilusión. Todo eso le habías dicho, por las dudas, para que Rabec no se pusiera pesado y te trajera problemas. Tenías ganas de llorar. Papá seguía perdido en la película. Eso fue lo más ridículo, dijo la profesora, que al final yo me terminé enamorando. El cazador cazado. Cuando se les pasó el efecto y pidieron un taxi para que Rabec volviera a su casa estabas convencida de que ibas a dejar a Gonzalo. Al otro día Gonzalo te hablaba y vos te acordabas de Rabec desnudo, mirándose el pito, tocándose, el momento en que el pito de Rabec se había bajado por el efecto de la pastilla y parecía un nene al que se le habían acabado las pilas de su auto a control remoto. Esa cara puso. Esa carita. Miraste la película de reojo: la rubia se frotaba las tetas contra una pija. No se veía de quién era, porque era un plano cerrado y la profesora tenía vergüenza de ver eso delante de papá y no quiso seguir mirando. Todo el sábado pensando en la noche que había pasado con Rabec, teniendo flashes de lo que habían hecho y con ese hormigueo en la espalda que te vuelve si escuchás la misma música, el tema "Run" de una banda francesa que se llama Air, le contaste a papá, y que la profesora puso esa tarde mientras Gonzalo dormía la siesta, bien bajo para no despertarlo, y al llegar a la parte que parece un coro de ángeles sintió que estaba con Rabec y le dio tanta nostalgia que no aguantó y le mandó un mensaje. ¿Qué hacés? ¿Nos vemos hoy?, le preguntó, y pasaron las horas y Rabec no contestaba. Así te enamoraste. Seguiste esperando los mensajes de Rabec y cuando por fin se dignaba a responder vivías en un paraíso. El problema era cuando no llegaba ningún mensaje. A tu papá le contaste que ese sábado, después de la noche que habías pasado con Rabec, Gonzalo y vos fueron a comer a la parrilla donde iban siempre. Que habías pedido ensalada porque la carne te hacía doler la mandíbula. Era un éxtasis con mucha anfetamina, no siempre son así, pero esa pastilla tenía mucha anfetamina y además la actividad física, en fin, dijo la profesora y papá con los ojos muertos sobre el culo de la rubia: que le había subido mucho y la mandíbula le quedó doliendo por tres días. La profesora comía la ensalada y a cada rato se fijaba si Rabec le había contestado. ¿Lo habían retado en la casa porque llegó demasiado tarde y encima estaba drogado? El éxtasis se puede caretear en la bajada. Es como si te hubiera cogido un negro, le dijiste a tu papá y te quedaste esperando a ver si por lo menos hacía alguna mueca. Una vez vos te diste cuenta de algo, siguió la profesora y miró rápido el televisor: la rubia se estaba cabalgando a un tipo que tenía los pelos del pubis como bigotes de Dalí. Yo llegué a la mañana, le dijo la profesora a papá, vos leías el diario, te saludé y era obvio que algo me viste en la cara, porque te quedaste mirándome y yo me metí en el cuarto rápido porque no aguanté que me miraras así. Ya lo sabés: iba a bailar todos los fines de semana y me drogaba con lo que me dieran, pero esa etapa terminó y nada más fumo porro, cultivo mi propia marihuana, al lado de la ventana, para que le dé el sol, y por lo menos estoy más tranquila y no tengo que fumar las porquerías que te venden los dealers, dijo la profesora. Le confesó que esa mañana, cuando papá se había quedado mirándola, estaba tan loca que se había acostado y había dado vueltas en la cama hasta el mediodía. Te sentías un pajarito recién nacido, con el pico abierto, puro hueso y con las plumas rotas. Tu mamá te fue a despertar y hacía media hora que por fin te habías podido dormir. Igual te levantaste. Almorcé con ustedes, dijo la profesora, los tres como una familia normal, como seguro habrá almorzado Rabec, porque eso es lo más triste de todo, que la profesora había vivido lo mismo que Rabec: acostarse con alguien y pensar que se volvía loca y darse cuenta de que no, que era una ilusión. No responder ningún llamado, hacer como que todo estaba bien. ¿En tu época era igual? Ustedes no tenían las drogas, dijo la profesora, o no estas, por lo menos. No una droga que te hace ver a tu chico como si fuera parte tuyo y cuando no lo tenés es como si te hubieran robado un pedazo de vos, aunque sepas que es mentira, como todo lo que pasa de noche. Y hace semanas que el pendejo no aparece, dijiste, pero el jueves lo veo en la UNI. Tu papá había cerrado los ojos. Te diste cuenta de que le habías contado que el jueves lo veías porque no querías que se pusiera triste sabiendo que eras una loser. Pero papá había cerrado los ojos y la profesora estaba segura de que no la había escuchado. Le dio lástima que además se perdiera el final de la película: la rubia lavándose el pelo con el semen del pito con bigote de Dalí.

Cuando tu mamá volvió de la cena le preguntaste cómo le había ido. No te contestó. Tendrías que haber sospechado que le pasaba algo. Estabas tan metida en tu historia con Rabec que lo único que te importaba era pensar en que el jueves tenías una última chance. Faltaba casi una semana. Tenías tiempo para tomar aire y pensar. Decidiste que ibas a desaparecer para hacerte rogar un poco. Si Rabec se conectaba, que no te encontrara disponible. Mientras pasaban los días hasta que llegara el jueves la profesora se dedicó a perfeccionar el plan para reconquistarlo. Regaste tus plantas de marihuana, esperaste a Gonzalo con la comida lista y hasta tuviste sexo con él. El jueves la profesora se despertó dos horas antes y ya no se pudo volver a dormir. Habías tomado medio clonazepam, pero ni siquiera con eso parabas el matete que tenías en la cabeza. Lamentaste no haber tomado un Alplax, que te voltea de golpe. Con el clonazepam te habías pasado la noche repitiéndote cada una de las cosas que te había dicho Rabec, lo que habías vivido, lo que te acordabas y lo que te habías imaginado, y por momentos caías en un pozo y te olvidabas de todo lo que estabas pensando, y entonces volvías a empezar. Se te cruzó por la cabeza lo que te había dicho el meditante, que el amor es demasiado grande y demasiado abstracto, y que si pudieras entender que el amor no se puede contener en ninguna forma conocida no sufrirías. Dormiste tan mal que te levantaste antes de que amaneciera. En realidad fue una suerte, porque te pusiste la camisa con tachas en el cuello y te diste cuenta de que era demasiado rocker para dar clases, así que perdiste tiempo decidiendo qué ponerte, y como la camisa blanca que elegiste te pareció demasiado boba te maquillaste para darte un touch de locura. La profesora quería parecer una muñequita mala, una que acercás a la mejilla y en lugar de decirte "te quiero", te muerde. Te cepillaste los dientes dos veces. Te pusiste perfume. Gonzalo no se despertó, pero saber que estabas maquillándote para reconquistar a Rabec, y que al mismo tiempo tenías un flaco muerto por vos durmiendo en tu cama, eso solo te hacía sentir invencible. Gonzalo servía para eso: para poder saltar al vacío segura de que abajo había agua.

Llegaste a la UNI media hora antes. Tomaste un café en la sala de profesores. Desde ahí, la profesora miraba a los alumnos que llegaban. Te levantaste y tomaste un vaso de agua del dispenser. Pasaste por el baño y te miraste al espejo antes de entrar el aula.

Tomaste lista despacio, esperando que la puerta se abriera

y Rabec entrara con cara de dormido. Pronunciaste el apellido de la rubia. La rubia dijo presente. Terminaste de pasar lista. Empezaste con la clase, les diste para que hicieran un ejercicio. Como Rabec no llegaba la profesora pensó en mandarle un mensaje, pero no, iba a quedar cargosa. No se podía equivocar cuando se estaba jugando la última oportunidad. Decidiste ir por otro lado: les preguntaste a los alumnos si sabían qué había pasado con otro compañero que tenía tres ausentes seguidos. Te dijeron que estaba de viaje, pero que seguía cursando. ¿Y de Rabec saben algo?, preguntaste, como al pasar. La rubia levantó la mano y con su voz de pito dijo seis palabras que para la profesora fueron seis tiros:

—No viene más —dijo la rubia—. Dejó la carrera.

***

El ninja estaba enloquecido con el chico que había besado en la catedral. He-Man era rubio, musculoso y tenía el pelo cortado en carré. No estaban seguros de si el pibe era gay, pero el ninja igual se entusiasmó. No puedo creer, decía, no puedo creer ese beso. La profesora estuvo toda la semana recordándole que estaban drogados, pero el ninja creía que el éxtasis abría el canal de la comunicación emocional y que el beso había sido parte de la realidad. El beso sí, decía la profesora, pero no lo que ustedes sienten. No sirvió de nada. El ninja seguía a full y, en una fiesta en Costa Salguero, la noche que tocaba Satoshi Tomiie y la gente puteaba la previa de Hernán Cattáneo porque no levantaba nunca, He-Man también estaba y el ninja se pasó toda la noche bailando con él, los dos con anteojos de sol. Cada vez que al ninja le bajaba la pasti se sacaba los anteojos y le tocaba las manos a He-Man. Cuando le volvía a subir se ponía los anteojos y saltaba con una sonrisa tan grande que pensaron que por eso la pasti se llamaba *Smile*. De esa fiesta la profesora nunca se olvidó por la sonrisa, por lo que pasó después con He-Man y el ninja, pero también porque compraron más pastillas ahí adentro les vendieron unas blancas que les dijeron que eran euro pero no eran las mismas pastillas euro de otras veces, que te hacían bailar como si estuvieras arriba de una moto. Tomaron media más cada uno y se quedaron sin plata. Los organizadores de la fiesta cortaron el agua de los baños y vos te empezaste a paranoiquear con morirte deshidratada. Les pediste un trago de agua a unos chicos que pasaban, pero no era suficiente y como no tomabas agua la pasti te subía más. A vos y también al ninja, que estaba enamoradísimo aunque He-Man seguía en la suya, metido en su flash, y se movía despacio con un chupetín en la boca. A la profesora le pegó el mismo viaje introspectivo con Satoshi Tomiie. Natasha, en cambio, estaba hecha una gata. Se había puesto suave, esas veces que el éxtasis tiene poca anfetamina y pega para el lado de sentir que sos una mezcla de Jessica Rabbit con un osito de peluche. En un momento Natasha quedó bailando al lado de He-Man. El ninja seguía como si nada, la pasti le había subido tanto que nunca se dio cuenta de que He-Man había salido del trance y empezaba a conectar con Natasha. Bailaban rozándose los brazos y en un momento se acariciaron la cara en medio de las luces verdes. Con la visión distorsionada por la pasti la profesora se dio cuenta de que mientras todo alrededor se movía, Natasha y He-Man se agarraban la cara del otro entre las manos y se besaban despacio. Mirando ese beso sentiste que, mientras durara la burbuja de sonido que Satoshi había hecho flotar entre la gente, parecíamos eternos, y la música repetía tantas veces el mismo loop sin sentido, sin letra ni mensaje, que a ninguno se nos ocurría pensar en la muerte.

El ninja no sintió lo mismo y al otro día llamó a Natasha para decirle que era una traidora. Era la primera vez que esa palabra servía para algo. La traición. Un concepto que durante tu infancia no significaba nada y que aprendiste recién a los 30. Que el ninja dijera traidora parecía correcto porque Natasha sabía que él estaba enamorado de He-Man pero igual lo había buscado para transárselo, la muy puta, decía el ninja a cada rato, y le tomaba más bronca. La profesora habló con Natasha, pero ella estaba convencida de que había sido amor y que por eso tenía derecho. Fue la última vez que tocaron el tema. Al principio chateabas con Natasha y decían de verse, pero con el ninja en el medio era difícil y pasó tanto tiempo que el nombre de Natasha online dejó de significar lo mismo. Habías conocido mil historias de amistades que se rompían y la mayoría las habías visto en la televisión. Te acordaste de *Montaña Rusa*, la novela que mirabas cuando estabas en el secundario y donde a cada rato había algún problema entre las amigas. Siempre habías estado segura de que esas cosas no te iban a pasar. Decían eso con el ninja, el sábado siguiente. Se habían juntado para salir pero se pasaron la noche hablando de Natasha. A medida que la nombraban le parecía que se alejaban un poco más de ella, y la profesora entendió que tarde o temprano las cosas te pasan, que la eternidad es ilusoria y que la única forma de olvidarse de la muerte es estar enamorada, aunque eso tampoco dure.

***

"Dejó la carrera", había dicho, seria, porque la rubia era de esas alumnas que ven a las profesoras como señoras o porque sabía algo y se hacía la boluda. Le preguntaste si Rabec estaba bien y te dijo obvio que está bien. Se te quedó mirando fijo y te morías de vergüenza. Tachaste donde decía Rabec. Hiciste una raya que atravesó todos los casilleros desde el primer día de clases, cuando te había mirado ni bien entró al aula, y también el día en que se acercó para preguntarte una pavada con la excusa de hablarte a solas, como después te confesó, y cuando te guiñó un ojo en medio de tu exposición sobre la redacción de crónicas, todo eso tachó la profesora pero no estaba derrotada. Se lo repitió a sí misma todas las veces que pudo mientras la rubia jugaba con el celular. Esa mañana decidió dejar de caretearla. En el recreo le mandó otro mensaje. ¿Cuántos iban? Como Rabec no contestó lo llamó al celular. Ya no te importaba nada. Esperaste que sonara dos veces, tres, te estabas arrepintiendo y cortaste. Era culpa tuya que Rabec no fuera más a la universidad. Todavía era un nene. Volviste a hacer el análisis equivocado: ¿quién lo tenía tan preso que lo había alejado de vos? Esa novia, los padres. Te había pasado lo mismo a su edad. Diego era una especie de cárcel donde viviste enamorada, es cierto, con todo lo tenebroso que fue estar enamorada. Otra lección de esa época: con tu primer novio aprendiste que nunca más ibas a poder vivir sin un tipo al lado. Lo peor era que estar acompañada empezaba a salirte caro: Diego te prohibía que usaras minifalda, no le gustaba que te juntaras con el ninja, te decía que si empezabas a tomar alcohol era el primer paso para ser una reventada. ¿Por eso se había ido Rabec? Cambiaste de idea otra vez: lo ibas a llamar de nuevo. ¿Se había ido porque la novia lo tenía controlado y tuvo el mismo miedo que sentías por Diego? Esperaste. No sonaba. El celular de Rabec estaba apagado o fuera del área de cobertura. ¿Lo había apagado a propósito? ¿Estaba con la novia y con su llamada había arruinado todo? No iba a perseguirse más. Si el problema era la novia tenía que ser muy sutil. Si hacía un movimiento brusco no lo iba a ver nunca más. Iba a demostrarle a Rabec que con ella podía estar seguro, que su profesora le iba a enseñar, que lo iba a desatar de la novia y de los padres. Vos habías sido eso para Diego. No eras consciente, pero habías terminado con la infancia de Diego como ahora Rabec amenazaba con terminar con tu juventud. Querías que Rabec te tomara como el último escalón hacia la adultez, la primera noción de la libertad. No tenías que llamar como hubiera hecho cualquiera. Tenías que sorprenderlo con cosas que no pudiera hacer una pendeja de 17. Las drogas y la mamá. Todo junto. *Pasti-mother*. Una mamá electrónica. Eso era lo que la profesora podía ofrecer. Te quedaste con esa idea en la cabeza. Una mamá, una puta y una loquita para Rabec. Que no encontrara otra igual, repetías todo el tiempo, en la UNI y también en tu casa, mientras cocinabas y cuando Gonzalo se estaba bañando y aprovechabas esos veinte minutos para meterte en la computadora. Te dabas cuenta de que buscarlo creaba una falsa ilusión de estar haciendo algo por recuperar a Rabec, también que el dolor aumentaba si veías su nombre *offline* en la pantalla. Podías intentar algo más: sacar una cuenta con ese nombre, *pasti-mother*, y reconquistarlo desde ese personaje sin que supiera que eras vos.

Mamá la llamó por teléfono. Le dio tanta bronca que la sacara de la computadora que la profesora se dio cuenta de que se estaba convirtiendo en una persona que no servía para otra cosa más que para esperar a Rabec. Sin embargo, el llamado de mamá fue lo que necesitaba, porque se le ocurrió algo mejor: ibas a regalarle una de tus plantas. Regalarle una planta de marihuana significaba todo lo que querías ser para Rabec. La conjunción de naturaleza y descontrol. El rock y la filosofía. Corriste a la ventana. Pusiste una de las plantas adentro de una bolsa de supermercado. Gonzalo acababa de cerrar el agua de la ducha. Salió del baño.

—¿Qué pasó? —dijo Gonzalo, desnudo, con la toalla en la mano.

—Nada —contestó la profesora—. Le voy a regalar una planta al ninja.

Mientras Gonzalo se vestía borraste las huellas de todo lo que habías buscado de Rabec. Había rastros de él por todas partes. Te dio pena eliminar los mensajes guardados, pero sentiste que era una manera de empezar de nuevo. Basta de jugar a las escondidas. Basta de no hacerte cargo de la realidad. Te creías tan gran cosa que se te ocurrió que eras más importante que la realidad. Por eso te pusiste la campera de cuero y saliste a la calle con la planta adentro de la bolsa. Eran las diez de la noche y la profesora sentía que era una de las chicas malas de Godard: Ana Karina en *Pierrot*, Brigitte Bardot, la rubia que vendía diarios y recitaba "New York Herald Tribune" en *Sin aliento*. Lo importante era la complicidad: que los padres de Rabec estuvieran en la casa, que Rabec tuviese que bajar para recibir el regalo. Esas cosas generaban vínculos. La profesora tenía que generar un vínculo con Rabec. En otro momento hubieras pensado que estabas haciendo cualquiera, pero ahora te parecía lo más lógico del mundo.

La profesora sabía de memoria la dirección. La calle donde vivía Rabec era arbolada y de casas bajas. Te odiaste por sentir las mariposas en la panza. ¿Cómo se podía ser tan pelotuda? El único edificio de la cuadra era el de Rabec: gris, de tres pisos, con la puerta de chapa verde. Estabas segura de haber visto antes la ventana del tercer piso, el balcón con un ficus de hojas secas y la cortina con la luz del televisor. Pensaste que conocías la casa de Rabec de algún viaje astral. Antes de empezar con la cocaína habías investigado el asunto de los viajes astrales. Quizás te habías enamorado de Rabec porque lo habías conocido en esa época, cuando creías que podías desprenderte del cuerpo en medio de un sueño y viajar hacia donde quisieras en tu forma astral. ¿Lo habías visto en esos viajes, tirado en la cama y mirando televisión mientras se tocaba el pito sin darse cuenta de que estaba pensando en vos?

La profesora apoyó la planta en el suelo y tocó el timbre. Rabec contestó enseguida.

—Bajá que tengo un regalo para vos —dijiste y estabas temblando.

Los cuatro minutos que esperaste a que Rabec bajara sentiste que la moneda estaba en el aire. Te obligaste a pensar en otra cosa. Más temprano tu mamá te había llamado para preguntarte si el otro viernes podías quedarte otra vez con papá. Había usado ese tono típico de ella para pedirte favores: suave, lleno de palabras como "corazoncito" o "chiquita". Te sacaba de quicio. Mamá era la única persona con la que hablabas por teléfono. Las demás personas que rodeaban a la profesora estaban todo el tiempo conectadas. Era lógico, pero no dejaba de sorprenderse. El mundo se había convertido en un lugar distinto al que la profesora conocía. Eso también era tener 30 años: que tu mundo hubiera pasado de moda. Para mamá era mucho peor: ella había quedado afuera del mundo. Mamá, que cuando la profesora se portaba mal se acercaba con la mano levantada y te hacías pis encima. La próxima eras vos. La que empezaba a quedarse afuera era la profesora. Se lo habías dicho a Rabec: vas a ser mi Waterloo. Rabec no sabía qué era Waterloo y le explicaste que era la gran derrota de Napoleón, el emperador, el que equivalía a 40.000 soldados. Nunca supiste por qué habías elegido a Napoleón para compararte. A veces la profesora se daba cuenta de que se hacía la inteligente con Rabec, que a Rabec la inteligencia le importaba muy poco.

—¿Otra vez salís el viernes? —le había preguntado a mamá.

Mamá dijo metete en tus cosas. Mientras esperabas que Rabec bajara te diste cuenta de que el próximo viernes quizás ibas a estar con él. No se lo comentaste a tu mamá. Con tu mamá no hablabas de hombres ni de amor ni de nada que tuviera que ver con los sentimientos. Le dijiste que no tenías nada que hacer y que el viernes cuidabas a tu papá. Te habían enseñado a ser fría. Sabías que cualquiera de esas conversaciones podía ser la última, porque no solo habías perdido tu juventud, sino que además habías entrado en una etapa en donde ibas a perder el resto de tus cosas. Por eso las señoras mayores como tu mamá quieren ser abuelas, porque necesitan morirse sabiendo que todo va a volver a empezar. Al final todos éramos Neo. Todos éramos el elegido de *Matrix*. Mamá contaba que en las salidas con las compañeras de yoga hablaban de los nietos. El viernes pasado por suerte comentaron un poco de cine, aunque sea, había dicho mamá, y la profesora se mordió los labios y buscó algo que desviara la conversación. Eso también había sido de golpe. ¿En qué momento había empezado a pedirle un nieto? Eran tantas señales que no entendiste por qué no te habías dado cuenta antes. Pero vos no podías cuidar un hijo. Con los bebés estaba todo bien mientras que fueran bebés de otra. La profesora solo podía cuidar una planta de marihuana. Era una pena no haberte dado cuenta antes de lo que estaba pasando alrededor tuyo. Quizás te hubieras ahorrado el tiro de gracia: estar parada en la puerta de la casa del chico que te gusta, a los 30 años y con tu planta de marihuana en brazos, acordándote de una conversación con tu mamá mientras se prendía la luz del pasillo y vos creíste que era Rabec, y entonces pusiste la planta bien arriba para que fuera lo primero que Rabec viera al abrir la puerta. Estabas feliz, a segundos de que tu vida diera un giro completo, hasta que se acercó una silueta y te diste cuenta de que no era Rabec, y te sentiste la más boluda del universo cuando escuchaste la voz de pito de la rubia que preguntaba quién es.

Failed

Natasha sabía de tu vida más que vos misma, que habías fumado mil veces y tenías la memoria destruida por la marihuana. Ella, en cambio, se acordaba de todo. La profesora la extrañaba porque necesitaba contarle lo que le estaba pasando, pero también porque con Natasha se habían ido un montón de recuerdos. Se lo confesaste al ninja y el ninja se puso celoso. ¿No te alcanza conmigo?, dijo y le contestaste que no, que por más puto que fuera no era lo mismo tener una amiga. El ninja te dijo que la había buscado varias veces en internet. Parecía que estaba en España, porque había visto una foto donde Natasha estaba con un chongo con la camiseta del Barcelona. Al ninja le daba bronca que Natasha tuviera novio mientras él seguía planchando, decía, y a vos te hacía gracia que usara esa palabra, que además de gay hablara como una señora. También había encontrado unos poemas. Nada que ver con el embole de casas enfiladas, casas enfiladas de Alfonsina Storni, ¿te acordás?, dijo el ninja, lo teníamos que aprender de memoria en primer año. Tampoco era como Neruda. Era otra cosa.

A la profesora le dio bronca saber que Natasha escribía.

Le contaste al ninja la anécdota ridícula de la semana: que

habías ido a la casa de Rabec para regalarle una de las plantas. ¿Una de las plantas?, preguntó el ninja, con una cara de odio que te quería comer cruda. No te asustes, dijiste, no se la pude dar. Tocaste el timbre y en lugar de Rabec había bajado la rubia. Jamás supiste si la rubia te había visto, porque apenas te diste cuenta de que era ella agarraste la planta y saliste corriendo. Te dio bronca no haberte quedado, no haberte animado a hablar con la mina. ¿Era la novia y vivía con Rabec? ¿Eran amigos pero estaba de visita a las once de la noche? No tenía manera de entender lo que estaba pasando y todas las posibilidades te hacían sentir una pelotuda. Ese era el problema con esta generación: que había quedado en el medio. Los noventa habían cambiado todo y enseguida todo había cambiado otra vez. La secundaria en el menemismo, el resto de los años repartidos entre la crisis del 2001 y los Kirchner. El ninja dijo que además estaban Internet y las drogas sintéticas, mientras todo el mundo fumaba porro y Buenos Aires dejaba de ser melancólica y berreta y se ponía flashera y cool. Otro mundo para la profesora, que se había criado mirando a escondidas las películas de Olmedo y Porcel. Estabas en el medio y se te acababa el tiempo para tener hijos. Internet, los nativos digitales, que la mitad de la vida de una fuera enchufada a una máquina. Todo lo que habías visto nacer, igual que las tías solteronas, que parece que no sirven para nada pero siempre están a mano. Estaban fumando unas flores que le habían regalado al ninja. Una generación partida a la mitad por Internet, por los K, por las fiestas electrónicas, el celular, los bistró de Palermo y al mismo tiempo la fotocopia, el peronismo, los carritos de choripán en la costanera y la cantina italiana donde iba a cenar mamá, el próximo viernes, mientras la profesora pasaba la noche al lado de papá postrado, una vez más, para que no le quedaran dudas de todo lo que había quedado en el camino. Lo peor de todo, dijiste, era que por más bueno que estuviera Internet el futuro había resultado ser una cagada. El ninja empezó a reírse: ¿por qué te parece una cagada? Le había dado dos secas al porro y estaba drogado a las seis de la tarde de un día de semana. Tenía trabajo que hacer, pero no tenía ganas. Porque sí, dijiste, porque creíamos que iban a existir robots y naves voladoras, por lo menos que iban a inventar la patineta que flota de *Volver al futuro*, nunca pensamos que el siglo XXI iba a ser estar con un pie en la realidad y con otro pie adentro de una pantalla. Si hubiéramos sabido no nos habríamos hecho tantas ilusiones, dijo el ninja. Igual, dijo, para mí el futuro va a llegar cuando se inventen estas cuatro soluciones definitivas: tomar cerveza acostado, volar, que aparezcan chocolates en los bajones de porro y que las personas tengan un *switch* para apagarlas. Este futuro te exige demasiado, dijiste, escuchamos una música que no puede tocarse sin una computadora, que repite un *loop* tantas veces como lo puede repetir una máquina, bailamos esa música porque tenemos drogas que nos hacen saltar cuatro horas sin que nos cansemos. Y otra cosa, siguió la profesora: en la realidad las personas desaparecen y nunca más sabés de esa gente, pero nosotros no, nosotros tenemos que ver a Natasha conectada. El problema es que la cabeza no lo aguanta, dijo el ninja y se fumó otra seca. Igual, dijo, si te ponés a pensar, el mayor problema es que la nuestra es la primera generación que está preocupada por pasarla bien. Nuestros abuelos ya hicieron el esfuerzo de empezar de cero, nuestros padres hicieron la plata, a nosotros nos queda buscar la felicidad. Pero no la alcanzás nunca, dijo la profesora. No, dijo el ninja, no nos queda nada. Fijate que si querés coger con alguien tenés que usar forro, y si no usás forro porque estás hasta las pelotas con esa persona, te hacés la cabeza, te paranoiqueás, no sabés qué te puede pasar. Si sos mujer tenés miedo de tener sida o de quedar embarazada, dijiste. Si sos puto ni te cuento, dijo el ninja, la cosa es que no hay chance: la única felicidad que nos queda está recubierta de látex.

Escuchaban *Kid A*, el disco de Radiohead que habían tardado más tiempo en entender. Muchos años más tarde de que hubiera salido les caía la ficha de esa mezcla de melancolía con terror que ni el ninja ni vos querían dejar de escuchar. Por lo menos habías encontrado la respuesta: no habías perdido la juventud en un momento determinado, pertenecer a tu generación era el pecado de origen, pensaste y le diste una seca al porro. La profesora se acordó de un capítulo de *Los Simpson* que a Natasha le encantaba: Homero estaba preocupado porque había perdido su juventud, y decía que él era buena onda hasta que había cambiado la onda. Lo que pasa, dijo el ninja, es que ya no somos naturales, somos tan electrónicos como esta música. La profesora seguía colgada: en plena década del noventa te habías criado mirando *Cha Cha Cha* mientras todos veían Tinelli.

Habías descubierto a Fabián Polosecki a los doce años, cuando a tus compañeras ni por casualidad se les ocurría perder el tiempo con un programa que entrevistaba a cartoneros y tipos que se metían en los túneles de Buenos Aires para buscar cadenas de oro. Siempre habías sido especial, pero no te había servido de nada. Radiohead seguía sacando discos y tenías que esperar un par de años hasta entenderlos. Había sido igual con el último, con *The King of Limbs*, al que todavía no le encontrabas la vuelta. Porque además estaba eso, dijo el ninja, que todo iba demasiado rápido y uno no tenía tiempo para acomodarse. La profesora lo miró fijo. Se acordó de un texto de Cortázar en el que a un tipo le regalan un reloj. Cortázar escribía que el regalado no era el reloj sino el tipo, porque "allá en el fondo está la muerte".

Somos computadoras, repetiste en voz baja.

Esa noche llegaste al departamento decidida a escribir. Abriste el Word y la página en blanco no te dio miedo. Fue mucho peor. Te diste cuenta de que no tenías nada para decir, porque todo lo que te importaba seguía siendo Rabec. Esperaste a Gonzalo con la cena lista, con velas y toda la parafernalia que se te ocurrió para disimular que en realidad querías estar en otro lado. Lo único que te quedaba era Gonzalo. El único que te mantenía a flote, a pesar de todo. Y tenías que cuidar tu relación con él porque sin eso podías hundirte tan al fondo que no ibas a salir nunca más. Se acostaron. La profesora se obligó a hacer el amor con Gonzalo aunque sabía que ya no tenía sentido. La última vez que habían cogido creías que tenías una oportunidad con Rabec y estar con Gonzalo era una manera de pedirle perdón. Ahora no. Esto era tu castigo y Gonzalo se dio cuenta porque te cogió fuerte. Cuando terminó te preguntó si te pasaba algo. La profesora dijo que no, no digas pavadas. Gonzalo no volvió a hablar y se quedó dormido con un brazo encima de tu pecho. Estabas incómoda, tratabas de zafarte pero no había manera. Estuviste toda la noche sin pegar un ojo. A las cuatro de la mañana empezó a cantar un pájaro que hacía una melodía que cambiaba todo el tiempo. En ningún momento la melodía seguía algún patrón como para que la procesaras como parte del silencio.

Y Gonzalo que no la soltaba. ¿En qué pensó la profesora toda esa noche? En que estaba aburrida y que nada tenía sentido, pero que tampoco tenía sentido morirse. Que había fracasado en el amor porque el amor no existe y era como fracasar en la búsqueda de la eternidad. El pájaro cantando hasta que no aguantaste más y te levantaste. Gonzalo, entre sueños, te preguntó si había salido el avión a Concordia.

Pusiste a hervir el agua para hacerte un té. Eran las seis de la mañana y no tenías con quién hablar. Se te ocurrió mandarle un mensaje a Lorena, que a esa hora se despertaba para ir al colegio. La ibas a llevar a la confitería que le gustaba, le ibas a pedir un café con leche, iban a compartir un pedazo de torta de chocolate amargo, bien oscuro, hasta que te olvidaras de todo (porque el chocolate libera endorfinas y genera una sensación de plenitud similar a la que precede al orgasmo, decía en la revista de Gonzalo, una vez, como nota de tapa). Lorena te contestó enseguida.

Al mediodía la fuiste a buscar al colegio, pero cuando estabas por llegar te avisó que por favor pasaras por la casa. No tenías ganas de ir al departamento de tu terapeuta, pero no supiste qué excusa poner. Había mucha gente en el barrio, haciendo compras, las viejas que iban al supermercado. Una mañana como esa te daba esperanzas de que en algún momento el dolor iba a pasar. Ya habías estado otras veces en la misma situación. Eso era lo que más le molestaba a la profesora: que seguía siendo una boluda. Conformarse, repetiste, como si fuera un mantra, y te quedaste parada frente al baldío de la calle Palestina. Tenías que aferrarte a Gonzalo porque no te quedaba otra, porque si no te agarrabas de él te iba a llevar la corriente. Cuando la profesora era chica se imaginaba que detrás del paredón del baldío había un bosque con animales salvajes. Que era posible que se hubiera generado una fauna única que existía solo en ese baldío. Lo loco es que seguías pensando igual. Había un agujero en la pared. No estabas segura si había estado siempre, pero había un agujero abajo. Preferiste no mirar hacia adentro.

Qué casualidad: en la puerta del edificio de Lorena te encontraste con tu terapeuta.

—Hola —dijiste—, vengo a buscar a Lore.

Tu terapeuta siempre había sido un caradura. A la tercera sesión te dijo que no podían seguir con el análisis porque se había enamorado de vos. Con eso te compró. No porque se hubiera enamorado, sino porque había tenido ética. Con eso el tipo le había demostrado que era una persona confiable, pero la profesora todavía era una nena y que le dijera eso le impactó. En ese momento no se había dado cuenta, pero había sido así. Que tu terapeuta se desprendiera de su rol y te invitara a salir te había hecho perder la inocencia. Significaba que las ganas de estar con vos eran más grandes que cualquier otro rol que el tipo –un tipo– podía cumplir. Dijiste que sí y se vieron al otro día. Todo muy formal, como era él. Una cena, vino blanco porque el tinto todavía no te gustaba y tu terapeuta escuchándote como si le interesara lo que tenías para decir. Cuando terminaron de comer te invitó a su casa. La profesora no se animó. Te llevó a tu casa. Mamá abrió la puerta de golpe y lo obligó a pasar. Entren, chicos, aunque vos tenías 22 años y tu terapeuta tenía más de 40. Se encerraron en tu habitación. Mamá preguntó si les llevaba algo para tomar. Papá dormía o miraba televisión. A ninguno de los dos pareció importarles que la profesora estuviera encerrada en su cuarto con un hombre. Perder la inocencia también significaba descubrir que tus padres querían reproducirte.

Tu terapeuta se hizo el sorprendido cuando te vio. Era obvio que Lorena le había dicho que ibas. ¿Cuánto hacía que no se veían? Al principio, ni bien cortaron, siguieron teniendo sexo por un tiempo. Fue una buena etapa, pero en ese tiempo habías empezado a tomar cocaína y como él no tomaba dejaron de verse. Por suerte la época de la cocaína había durado poco. Medio año consagrada a la oscuridad de la cocaína, las salidas con el ninja, los dos a pleno, hablando sin parar, dando vueltas por las pistas de los boliches, metiéndose en cualquier cama para enfrentar el túnel del bajón acompañados y con sexo, chocarse contra las paredes mientras la profesora pedía por favor que viniera la muerte a sacrificarla de un guadañazo.

Ahora su ex la miraba con la misma cara de bueno de siempre, las llaves en la mano, tu terapeuta siempre tan correcto.

—¿Subís? —te preguntó.

—Decile a Lore que baje.

—Dale —se acercó a darte un beso en la mejilla. Seguía usando el perfume Kenzo—. Me gustó verte.

Esperaste de espaldas al edificio, mirando la calle. Viste pasar un chico que era igual a Rabec. Te estaba pasando seguido: ver a Rabec en todas partes y que nunca fuera él. Tu terapeuta seguía teniendo esa mezcla de nene con hombre serio. Te hacía acordar a una propaganda: "Él sabe ser un chico sin dejar de ser un hombre". No te acordabas de qué era, pero eras chica y te habías enamorado del tipo que hacía la propaganda. Tu terapeuta era igual, y quizás porque era el tipo de hombre que

ELECTRÓNICA | Enzo Maqueira

podía aparecer en una propaganda nunca te había terminado de cerrar.

Lorena bajó enseguida. Fueron caminando hasta la confitería hablando del chico del colegio, de la salida al cine, que Lorena no quería ponerse de novia pero el chico sí. ¿Y por qué no querés ponerte de novia?, preguntó la profesora. Porque no quiero, porque si estoy sola estoy con todos, dijo Lorena. Te quedaste pensando en esa respuesta. ¿Pensabas lo mismo cuando tenías su edad? La profesora pidió un té y dos tostadas con queso blanco. Las comió despacio mientras Lorena revolvía el café con leche y le contaba que quería seguir Medicina pero que también le gustaba Historia. No sé qué hacer, decía a cada rato.

—Es normal a tu edad —dijiste.

¿Por qué no lo habías recordado antes? Los adolescentes no saben lo que quieren. Estaba en cualquier manual de psicología. ¿Por qué pensaste que Rabec sí sabía? El problema era que te habías olvidado cómo eras a esa edad. Ya lo había dicho el ninja: el tiempo había pasado demasiado rápido. ¿Qué buscás en un hombre?, preguntó la profesora, y Lorena abrió grandes los ojos porque le pareció raro que la profesora le preguntara eso. No sé qué busco, contestó. ¿Y qué tiene que tener para que te guste? No sé. Para que quieras estar con él, ¿cómo tiene que ser? No sé, dijo Lorena, que sea divertido, que me trate bien. ¿Y la edad? ¿Tiene que ser de tu edad o puede ser más grande?

Muy grande no. ¿Qué es muy grande? No sé, grande. Lorena se había puesto colorada. ¿Plata? No, no me importa la plata. ¿Entonces? ¡No sé! ¿No sabés por qué te enamorás? No, dijo Lorena, levantando los hombros, ¿vos sí sabés? Tomaste un sorbo de té. Pero vos, por ejemplo –insististe– ¿podrías estar de novia y tener un amante? Nunca tuve novio. ¿Y alguna amiga tuya? Sí. ¿Y? ¿Qué? ¿Pueden estar de novias y tener un amante? Sí, si no, no sería amante. ¿Pero en algún momento no dejan al novio y se quedan con el amante? A veces sí, a veces no, dijo Lorena. Bueno, ahí tenés, contestó la profesora, ¿por qué a veces eligen quedarse con el novio y otras veces eligen quedarse con el amante? No sé. Cada persona es diferente. Bueno, pero debe haber un patrón. ¿Qué es un patrón? Un comportamiento estandarizado que se repite de un modo más o menos idéntico en todas las chicas de un cierto rango de edad. ¡Me estás hablando como si fuera una alumna! Perdón, dijo la profesora y untó queso blanco en una tostada. Me quedé pensando, dijo, ¿por qué no puede ser más grande? Lorena no contestó. Hizo el mismo gesto que antes, levantando los hombros y tomó un sorbo de café con leche con bigotes de espuma. Te dijo que tenía que hacer un trabajo práctico para el colegio pero no entendía nada. Te preguntó si la podías ayudar.

—¿Vamos a casa? —dijo Lorena.

Estabas ocupada, pero Lorena insistió y al final te convenció. En ese momento no te diste cuenta de que detrás del pedido de Lorena había algo más. Tendrías que haberlo sospechado, porque por primera vez desde que habían entrado a la confitería, Lorena estaba contenta.

***

Cuando la profesora se acordaba de la época de la cocaína le daban ganas de ir al baño. Apenas el ninja cortaba el teléfono y decía ya está, viene para acá, se le revolvían los intestinos. ¿Ya te estás cagando?, decía el ninja a los gritos, aplaudiendo y frotándose las manos. Se ponían nerviosos: cuándo llamaste, hace media hora, ya está por llegar, la misma conversación entrecortada de siempre, lo que se pierde Natasha, traidora, y se acordaban de Natasha hasta que por fin llegaba el dealer y vos y el ninja bajaban juntos, esperaban en la esquina, se metían en el Honda civic blanco donde el dealer tenía escondidas drogas que salían de abajo del asiento, del parasol, la bolsa de cocaína adentro de la guantera, todo era tan profesional y limpio que nunca te acordaste de que todo estaba manchado con la sangre del narcotráfico. Habías llegado a la merca de a poco, con alguna que otra raya que te tomabas en las fiestas, pero a medida que la pasti dejó de interesarte (porque tarde o temprano las drogas te sueltan la mano, decía siempre el ninja), dejaste de ir a las fiestas y el lugar elegido pasó a ser el sillón del departamento del ninja. Ahí se dieron cuenta de que la verdadera pasión era flashearla. Tomaban merca en la mesa ratona: el ninja calentaba un plato en la hornalla de la cocina y peinaba las rayas con la tarjeta de crédito. Las hacía gruesas, como le gustaban a la profesora, con el plato caliente para que pasara más rico por la nariz. La traidora debe estar dando la teta, decía el ninja y eso sí, en eso la merca había resultado la mejor de todas las drogas, porque los hacía hablar y en esas conversaciones se habían conocido más que en los años que llevaban de amigos, desde el primer día de clases del secundario hasta atravesar el huracán de los 30. En una de esas charlas el ninja te dijo que alguna vez te tuvo ganas. Te juro, dijo el ninja, tenía terror de ser hétero. Había sido en quinto año, en el viaje de egresados, que te habías quedado dormida apoyada contra el hombro de él. El ninja se había despertado con el pito parado, y cuando te vio tan cerca le dieron ganas. Te juro, guacha, sos la única mina que me hizo dudar. Por suerte enseguida había conocido al chico de Quilmes. El ninja ni se acordaba el nombre: con él se acabaron las dudas, la única que tuve y que fue por vos, decía, por la profesora, conchuda, y acercaba la nariz al plato. La profesora tenía un recuerdo de esa noche en el viaje de egresados: ir en el micro pensando en Diego. Mientras miraba el campo oscuro a través de ventana. Todos lugares comunes, pero en ese momento no sabías que los lugares comunes eran para los boludos. Eran los noventa, eras pendeja y además estaba de moda ser boluda. Que Diego fuera el amor de tu vida, que tuvieran tanto por delante y que guardaras un osito en la mochila porque Diego te lo había dado para que el osito te recordara cuánto te extrañaba. Ese tipo de noviazgo había tenido la profesora. Quizás por eso desde que cortaron con Diego no habías hecho otra cosa que escaparte de los lugares comunes.

¿Cuántas profesoras habían tomado cocaína con un amigo gay? ¿Cuántas se habían acostado con un alumno? El problema de la profesora había sido no hacerle caso a nada de lo que le habían enseñado las monjas. Ni ser una señorita ni rezar. Había cometido todos los pecados: los que decía la Iglesia y los que decían mamá y papá. Sin embargo, cuando era chica la pasaba mal y en su juventud había sido feliz. Ahí tenías otra revelación: tu infancia había sido un espanto. Vivías con miedo, estabas siempre sola y te sentías diferente. A esa edad nadie quiere ser diferente. La profesora lo era, y lo habías dejado de ser a medida que crecías y comprabas la farsa de la adolescencia. Del viaje a Bariloche te acordabas a la perfección porque ya no era un recuerdo tuyo, ya no eras la misma. Si la profesora se acordaba de ese viaje era porque había quedado demasiado lejos. Y no te enojes, boluda, decía el ninja, porque yo sé que vos nunca me vas a traicionar, pero tengo miedo de las mujeres, ¿entendés?, y tomaba otra raya de merca, le acomodaba el plato a la profesora, se bajaban media bolsa y con el resto se iban a Amerika, llena de chongos, sobre todo cuando tocaba José Luis Gabin, ¿los jueves o los domingos?, que era pelado como Aldo y tenía el mismo público. Otro recuerdo: las chicas que tomaban merca en el baño de Amerika, escucharlas aspirar con la música de fondo cuando te encerrabas en el baño, sacabas tu bolsa y con las llaves de la casa de mamá y papá levantabas un montoncito y aspirabas. Te gustaba escuchar a las que estaban tomando, pero cuando lo hacías vos tirabas la cadena porque te daba pudor que se dieran cuenta. ¿Qué hacía Natasha sin ellos? Flasheaban que se había ido del país y que iba a aparecer en televisión, convertida en cantante pop, o que se había casado con el hijo de puta hermoso de He-Man y tenían dos hijos. Todo era una manera de recordarles que allá a lo lejos esperaba la muerte. La profesora y el ninja estaban convencidos de que Natasha había hecho lo correcto, pero que el precio había sido la libertad. En cambio ellos usaban su libertad para bailar mezclados entre los travestis, haciendo excursiones al baño y pasándose la bolsita entre todos para terminar a las siete de la mañana en la casa del ninja, el ninja encerrándose en la habitación con un chongo, gritando que por más que quería no podía coger, que no se le paraba, que le diera con el puño por el culo, y la profesora que escuchaba en el living y peinaba otra raya, aspiraba el miedo a morir sin dejar obra que justifique una sobredosis de cocaína. Una drogona más. Otra niña bien con casa, estudios universitarios y *First Certificate* que termina en la heladera de un hospital público. Cuando la profesora se quedaba con una sola raya para tomar le empezaba a agarrar la desesperación. Le tocaba la puerta al ninja, que le decía que esperara, y cuando abría la puerta a la profesora le daban arcadas por el olor a caca. Pedimos más, decía el ninja, y con los mismos dedos que vos te imaginabas que habían estado en el culo del chongo llamaba al dealer, y si tenían suerte el dealer pasaba, pero si no empezaba el bajón en serio: pensabas que tenías un infarto, te apoyabas la mano en el pecho y el corazón te latía tan fuerte que en cualquier momento se te iba a salir. Apenas se te calmaba la sensación en el pecho te agarraba miedo de tener un ACV. No sabías cuáles eran los síntomas, por eso te daba más miedo. En cualquier momento te reventaba una arteria en el cerebro y te morías desnuda, en tu cama, que papá viniera a despertarte al mediodía y te encontrara dura y con manchas de sangre seca en la nariz. Pero eso también se te pasaba, sobre todo si no aguantabas más y te tomabas un clonazepam. Con el clonazepam la profesora se tranquilizaba un poco, aunque seguía dando vueltas en la cama y no había modo de que se sintiera cómoda. Lo terrible de los bajones era sentir que no quería estar viva pero que tampoco quería morirse. Esos eran los bajones que la profesora tenía cuando conoció a Gonzalo. La cocaína le había soltado la mano y nunca venía la parte buena. Era todo bajón, todo el tiempo, desde la primera raya. Estabas tan hundida que te agarraste del primer salvavidas que te tiraron. Si hubieras tenido una amiga cerca habría sido distinto, pero en ese momento ni se te ocurría volver a hablar con Natasha y el ninja se iba a un after con travestis y ahí conseguía seguro, y como en esa época estaba dulce con plata pagaba para que se lo cogieran. La primera vez llamó a la profesora y se puso a llorar. Tenía una travesti que se llevaba seguido, pero con el tiempo se había hecho coger por todos. Desde que había salido del clóset el ninja decía "las travestis". Vos querías decirlo así, pero no te salía. Para la profesora eran hombres, igual que para el ninja, que por algo se hacía coger. En el momento no le pareció mal. Al contrario: te gustó que por fin asumiera que en el fondo tenía un costado heterosexual. ¿Pero te cuidás?, le preguntaste y el ninja te dijo que no lo hicieras paranoiquear.

***

La profesora se quería olvidar, pero todo el tiempo, por donde mirara, había un pendejo que se parecía a Rabec. Hasta un chico que le señalaste a Lorena en la calle porque te había parecido lindo. Nunca le habías contado a Lorena sobre Rabec. Además Lorena estaba entusiasmada porque volvías a su casa, la casa donde habías sido medianamente feliz con tu terapeuta. ¿Cómo te habías peleado con él? Le habías pedido un tiempo, tu terapeuta había aceptado, pero una semana más tarde la profesora lo llamó y le dijo que no quería seguir. Tu terapeuta se lo tomó bien, solo te pidió que se lo dijeras en la cara. Fueron al cine y, a la salida, mientras caminaban por avenida Santa Fe, él te sacó el tema. Tu terapeuta no había llorado ni había hecho ninguna pregunta. Okey, había dicho. Te enojaste porque te pareció demasiado frío. ¿Eso es todo lo que vas a decir?, le había preguntado la profesora. Te pareció rarísimo estar otra vez en ese edificio. Lorena no paraba de hablar mientras subían por el ascensor. El trabajo práctico era escribir un cuento sobre la historia argentina y no se le ocurría sobre qué. Cuando abrió la puerta del departamento te diste cuenta de que habías caído en una trampa: tu terapeuta tenía puesto un delantal y sacaba una fuente del horno.

Tu terapeuta no paró de hablar en toda la cena. La profesora la miraba a Lorena con ganas de ahorcarla. Para colmo, cuando terminó de comer, Lorena se fue a la casa de la madre y te quedaste sola con él. ¿Por qué habías llegado hasta ese punto? A veces te sentías tan poca cosa que no eras capaz de decir lo que querías.

—¿Seguís siendo tan loca? —preguntó tu terapeuta.

La profesora sonrió. Sonreíste. Tu terapeuta era el único que podía decirte que estabas loca sin ofenderte.

—¿Vos todo bien? —dijo la profesora.

Tu terapeuta te agarró la mano y empezó: que estaba solo, que se había separado de la última pareja y se daba cuenta de que no servía para estas cosas, que él siempre te había querido, pero no por esa farsa del amor verdadero, porque entre ustedes se daba una relación sana que si había fallado en el pasado había sido por culpa de él, pero que ya no era la misma persona. Era lo que repetía cada vez que volvía a aparecer.

—¿Y vos? —dijo tu terapeuta—. ¿Cómo estás?

—Ahí estamos.

—¿Te parece suficiente?

—Es lo que hay.

La profesora se acomodó en la silla. Tomó un sorbo de vino. Tuviste ganas de contarle todo.

—Estoy bien. Son etapas.

—Te agarró la crisis.

—Puede ser.

—Entonces sí: son etapas. Tenés que pasar a la próxima.

—¿Y cuál es?

—Eso lo vas a saber vos.

—A esta altura no queda mucho nuevo para hacer.

—Por ejemplo, nunca formaste una familia.

Te quedaste pensando. Tenía razón: vivir con Gonzalo no era formar una familia. La profesora todavía sentía que su familia eran papá y mamá. Eras hija mucho más que esposa, y la única manera de cambiar eso iba a ser teniendo tus propios hijos. El problema era que no querías tener hijos. Te faltaban cosas por vivir y tener hijos era resignarlas.

A tu terapeuta le pareció loco que no hicieras nada para resolver el problema. Tenés razón, dijo la profesora y le contó todo, desde el principio, desde que Rabec había entrado al curso hasta que le dijiste que no querías que se convirtieran en una estatua llena de caca y esa frase horrible había sido lo último que Rabec quiso leer de vos. Cuando terminaste elegiste una palabra: devastada. Estoy devastada, dijiste. La profesora no la usaba nunca porque le parecía demasiado formal, pero en este caso era la palabra justa.

—¿No te gustaría formar una familia? —dijo tu terapeuta.

¿Cuántas veces había dicho lo mismo? Cuando eran pareja tu terapeuta te pedía que te mudaras con él. La profesora no se sentía preparada. Con Gonzalo tampoco, pero lo había hecho porque ya no aguantaba a mamá. Desde que papá había tenido el ACV había sido insostenible seguir viviendo en la misma casa. Te sentías culpable por dejarla a tu mamá con el problema. Además era la época de la merca. Qué sé yo si quiero formar una familia, dijo la profesora, y agarró la cartera y se levantó para ir al baño. Era una secuencia que conocías de memoria: tu terapeuta tirando de la cuerda hasta que te hacía enojar y querías irte. Te dio más bronca porque tenía razón. Quizás había llegado el momento de madurar la idea de conformarse. No tenías que verlo como algo negativo. La vida estaba llena de hechos dolorosos y no estaba mal ponerse a resguardo, resignar lo que te faltaba vivir e ir a lo seguro. Dejar de exponerse al sufrimiento. La profesora tenía un hombre que la amaba y resultaba ser el único con el que podía convivir. Gracias al ejemplo de mamá y papá se había dado cuenta de que el amor era resignarse pero también ponerse a salvo. No era lo mismo que el enamoramiento. El enamoramiento era surfear las olas de un mar que siempre reventaba contra un paredón.

El baño de la casa de tu terapeuta estaba impecable como siempre. Hiciste pis. Habías pensado que sí, pero no te provocaba nada estar en ese departamento. Solo una cosa: la sensación de estar comprometida con una relación. Podías empezar comprándote un perro. Si con Gonzalo eran capaces de criar un perro quería decir que no estaban tan lejos de tener un bebé. También podían irse a vivir al campo. El campo obliga a comportarse como una familia. Sin gente para compararse es más fácil, pensó la profesora y se subió la bombacha. Tiraste la cadena. En la ciudad había demasiadas distracciones. ¿Cómo podía envejecer en paz si todos los días estaba frente a treinta adolescentes? En el campo no iba a haber ningún Rabec. Gonzalo, vos y el perro. Nadie más. Te miraste en el espejo y te retocaste el maquillaje. Sentías que esa noche estabas hecha una diosa, pero cuando volviste a la mesa le dijiste a tu terapeuta que mejor te ibas. Te rogó que te quedaras. La profesora se puso firme y le pidió que llamara a un radiotaxi. Te quiso dar un beso en la boca. Sentiste el perfume Azzaro y te dieron ganas de vomitar. Alcanzaste a sacar la cara. Tu terapeuta te apretó el brazo fuerte. ¿Ves?, dijo, ¿ves que al final sos una histérica?

Cuando volvías en el taxi te llegó un mensaje: *me encantó verte, loquita*, con un ojo que guiñaba. Te dio bronca que te dijera eso después de tratarte de histérica, pero mucho más recibir un mensaje que no era el que estabas esperando.

Entraste al departamento. Gonzalo miraba televisión. La profesora lo saludó con un beso en la boca y le dijo que había estado pensando: nos podemos comprar un perro. A Gonzalo no le gustó la idea: un perro ensucia mucho y hay que levantarse temprano para sacarlo a hacer pis. Además me dan asco los pelos, dijo Gonzalo. Ya lo sabías, pero con ese comentario terminaste de entender que así como pertenecías a una generación de mujeres que ya no eran como las de antes, también había una generación de hombres como Gonzalo. Pensabas "hombres" por usar una palabra que pudieras entender, pero no era lo mismo. Nada ni nadie éramos lo mismo. Te hiciste la ofendida, pero en el fondo era mejor. Gonzalo te preguntó dónde habías cenado.

Le dijiste que con el ninja y te fuiste a bañar. Hiciste algo que no hacías desde que tenías doce años y te habías enamorado de Michael Fox: dibujaste la silueta de la cara de Rabec en la mampara y le diste un beso. Lo hiciste como un ritual de despedida. La profesora se iba a olvidar de él, de su terapeuta y de todas las pendejadas. Gonzalo iba a ser tu familia. Cerró la canilla. Se secó el cuerpo pero se dejó el pelo mojado. Iba a salir con la toalla y se le iba a tirar encima a su marido. Mi marido, pensaste.

La profesora abrió la puerta del baño y se encontró con Gonzalo que la esperaba con el celular en la mano. El *loquita* que te había escrito tu terapeuta daba vueltas en el aire, mientras Gonzalo gritaba como si fuera la última vez.

3.0

El olor de la salsa de tomates le trajo un recuerdo vago de su infancia. Mamá hablando por teléfono, el agua hirviendo y el rayo de sol que pegaba contra la ventana del living la hicieron viajar en el tiempo. Todo seguía igual en la casa. Mamá seguía hablando por teléfono con las amigas y papá estaba tan ausente como siempre. No era culpa suya: tu papá tenía que trabajar, se iba de la casa a las siete de la mañana y no lo veías hasta la noche. Ahora estaba postrado en su habitación. La profesora era la única de la familia que había cambiado, pero volvía al mismo lugar del principio.

—Está la comida —dijo tu mamá, y sentiste un *déjà vu* pero este era real.

La profesora se sentó a la mesa. Tu mamá ya te había hecho todas las preguntas a la madrugada, cuando te fuiste del departamento que alquilaban con Gonzalo porque eras vos la que se tenía que ir a la mierda, y apareciste a las dos de la mañana con un bolso donde habías puesto una bombacha, dos remeras, varias camisas con onda para ir a dar clases y un pantalón que te hacía más flaca. También un cepillo de dientes, el secador de pelo y la crema Nivea. Sabías que tu mamá tenía mucho más para decirte, pero por el momento podías almorzar en paz. Por lo menos estabas a salvo de

Gonzalo. La profesora se sentía libre. Había pasado la noche escuchándolo gritar, le había explicado que el mensaje no tenía nada de malo, que había ido a cenar con su ex pero no había pasado nada. Ni siquiera te gustaba. Es un viejo, Gonzalo, habías dicho un montón de veces, pero Gonzalo seguía gritando y sacaba de adentro todo lo que había estado reprimiendo: la falta de interés, las salidas con el ninja, la indiferencia. ¿O te pensás que no me doy cuenta de que te doy asco? A la profesora se le hizo un nudo en la garganta. Era probable que fuera asco, o rechazo, o que la relación había llegado a un límite. Gonzalo decía la verdad: te había dejado de interesar. Era cruel y era triste al mismo tiempo. A él no se lo explicaste tan fácil. Usaste su enojo como pretexto para irte. Fue la única decisión sensata que tomaste. No lo habías hecho por compasión, tampoco para evitar que Gonzalo sufriera lo mismo que estabas sufriendo por Rabec. Lo habías hecho porque estando con Gonzalo sentías que estabas haciendo trampa y por eso Rabec no terminaba de ser tuyo. Tenías que asumir el compromiso, como había dicho el meditante del amor. Entender que el amor es energía y que la energía no puede contenerse. Creer en toda esa mierda de la autoayuda.

—¿Y cuáles son tus planes, si se puede saber? —dijo tu mamá.

De lejos llegaban las voces del televisor: otra rubia que estaría preguntando si podía pasar al departamento del negro, si el negro tenía un *big dick*, si el *big dick* podía entrarle en la boca.

—No hay planes —dijo la profesora—. Hago lo que puedo.

Antes de que tu mamá siguiera hablando te levantaste de

la mesa. Nunca habías sacado los platos y no ibas a hacer ninguna excepción. No habías cambiado lo suficiente. La profesora se encerró en el cuarto. Te volvías a encerrar en tu cuarto, en la habitación decorada con un poster de Nirvana que te había regalado Diego y que la profesora nunca quiso sacar. Te acostaste. Fue raro pero no esperabas un mensaje de Rabec. Querías que te escribiera Gonzalo. Mirar el poster de Nirvana te tranquilizó: si te quedabas sola todavía tenías el trato que habías hecho con Diego. Faltaba una década para cumplir 40, tiempo suficiente para buscar alternativas. Por el momento no tenías otro lado a donde ir. No tenías plata para pagarte un alquiler. 30 años y la profesora no podía mantenerse por su cuenta. Dependía de encontrar un tipo para compartir gastos o de la limosna de mamá. Convivir con Gonzalo sin casarse había sido un error. La ley sirve para esas cosas: para protegerte cuando la realidad se te cae encima. Además del poster, en la ventana que daba al aire y luz quedaban pedazos de una calcomanía que el ninja había pegado. El resto de tus cosas habían desaparecido. La profesora abrió el bolso con la ropa: acomodó el pantalón, la bombacha, las camisas que pensaba usar para la UNI. De a poco ibas a ir llevando todas tus cosas. Volver a la casa de mamá o conseguir más horas en la UNI para pagarte un alquiler y empezar de nuevo.

—Salgo —gritó mamá.

La profesora se asomó a la puerta:

—¿Vas a yoga?

Tu mamá no contestó. Agarró las llaves del auto y se fue dando un portazo. ¿Qué estaría haciendo Gonzalo? A esa hora estaba en la redacción.

¿Así de fácil se había terminado? La profesora revisó los mensajes del celular. Había algunos de Gonzalo: estoy, llego en 5, cómo te fue. Un registro digital de la rutina. Hubieras querido tener mensajes de Rabec, que lo que te había escrito quedara como una figura de cera del último coletazo de tu adolescencia. Estaba arrepentida de haberlos borrado. Desde la habitación de papá llegaban gemidos. ¿Había sido siempre así? ¿Tu papá había mirado películas porno toda su vida y vos no te habías enterado hasta que había tenido el ACV? Gonzalo te había dicho mil veces que no podía vivir sin vos pero no te había escrito. Miraste el techo: tenía las mismas manchas de humedad de siempre, la que parecía un elefante sin trompa, la de una mujer de tetas grandes y el animal con cuernos que de chica creías que te iba a comer las manos mientras estabas durmiendo. La profesora se sacó el pantalón. Buscó la crema Nivea en el bolso. Cerraste los ojos mientras te pasabas crema por las piernas. La profesora se pasó la crema por el borde de la bombacha, y después metió la mano y se empezó a acariciar. Te daba culpa, pero al mismo tiempo te excitaba. El ninja siempre decía que hacerse la paja pensando en un chongo era mufa, que a ese chongo no te lo cogés nunca más. Te esforzaste en no pensar en Rabec, pero fue imposible. Lo veías como la noche que habían tomado éxtasis: Rabec diciéndote al oído me encantás, me volvés loco, sos la más hermosa. ¿Por qué habías dejado de encantarle? Te acariciaste más fuerte. Mejor pensar en tu terapeuta, que no importaba. O en Gonzalo, a ver si tocándose y pensando en él volvía a calentarla como al principio. Pero no. Tu cabeza se volvió a llenar de Rabec. Te acordaste de cuando te había metido tres dedos, cuatro, también el pulgar y al final casi había llegado a meter el puño.

La profesora se había mojado tanto que tuvo que cambiar las sábanas y Gonzalo preguntó qué había pasado y mentiste que habías volcado té. Más despacio. Te oliste los dedos: tu propio olor y la crema. Ya no se escuchaban gemidos. Estaba la musiquita horrible de las películas porno. Te pareció que tu mamá había vuelto y te empezaste a secar. La profesora volvió a pensar en Rabec, cuando te habías puesto en cuatro y él te dijo ésta es *mi posición preferida* y había acabado rápido. La leche de Rabec sobre la espalda de la profesora. Si pensás en un chongo haciéndote una paja nunca te lo vas a coger, había dicho el ninja. Te tocaste más fuerte. Otra imagen: pasando una mano por debajo del cuerpo de Rabec para agarrarle los huevitos. Otra vez los gemidos de la película. Cambio de mano, más rápido. Mi posición preferida. Después te había dicho que nunca le habían hecho eso de agarrarle los huevos mientras estaba en esa posición. Te habías puesto contenta. La cara de Rabec aplastada contra la almohada. El gemido del tipo de la porno. Rabec con el pito chiquito, pidiéndote perdón por haber terminado tan rápido. Cerraste los ojos. Te mordiste los labios. Te habías pasado la vida buscando el hombre que supiera cogerte, pero ninguno podía hacerte acabar como vos misma. La profesora se preparó para tener uno de esos orgasmos. Estabas a punto cuando sonó el celular.

***

Tu vida había sido a la inversa de las mariposas: en una época podías volar y ahora te arrastrabas como un gusano. Era un pensamiento recurrente en la profesora, que además sentía que hubiera sido mejor morirse a los 27. Vos también habías vivido esa edad a full. Siempre decían eso con el ninja: morir jóvenes, sin conocer el miedo, en un viaje interminable por el túnel que aparecía cuando se habían pasado con las drogas. Creías que si hubieras muerto en uno de esos bajones te habrías convertido en una mártir de nuestra época, una que había quedado en el camino, como aquel flaco que se había sentado a flashear en medio de una fiesta y nunca se despertó. Esa historia la habías contado mil veces. No conocías al flaco, pero formaba parte de la mitología de un tiempo que se construía entre todos. Cero miedo. Todo lo contrario. Morir en medio de las visiones del éxtasis te parecía tan aterradoramente encantador como el espectro que va a buscar al bebé en *Cazafantasmas II*, y que con un cochecito se lleva al nene volando por el cielo de Nueva York. Otra historia que contaban seguido era la de la amiga de un chongo del ninja que había tomado té de floripondio y había aparecido a los tres días en la playa de Villa Gesell. Había tenido un viaje tan extremo que a la profesora le daba envidia. En eso también eras de manual: aunque no querías morirte, los drogones que habían muerto te daban envidia. Te podrías haber muerto en cualquiera de esas fiestas. La profesora pensaba que no lo había hecho porque no tenía discos ni libros ni ninguna obra para dejarle al mundo. Ojalá hubiera sido una decisión tuya. La realidad es que era una cuestión de suerte. No te había tocado y ahí estabas. El momento de morir joven había terminado el día en que apareció Gonzalo.

Lo habías conocido en un bar, a la salida de la clínica. El ninja le tenía terror a las agujas y no podía ir solo. Le sacaron sangre, le bajó la presión, estuvieron un rato en la clínica, esperando que se recuperara, y después fueron a desayunar. El ninja estaba pálido. Lo importante es que sepas que no tenés nada malo y que te empieces a cuidar, decía la profesora. El ninja le prometió que sí, que nunca más iba a mandarse cagadas, a los dos minutos estaba tocándole el bulto al encargado del bar y se puso a hablar con él. Te quedaste sola, sentada en una mesa, tomando un licuado de banana. No podías creer que tu amigo, además de gay, fuera tan puta. La profesora se dio cuenta de que usar la palabra "puta" era machista, que tu mamá te había educado de esa manera. Las mujeres argentinas habían criado a una generación de hombres que se creían más importantes y a otra generación de mujeres que tenían que atenderlos. Pensabas eso y al mismo tiempo fichabas a un tipo que estaba en otra mesa. Te gustó enseguida porque tenía cara de bueno. Gonzalo te sonrió, a la profesora le dio vergüenza y miró para otro lado, pero Gonzalo se venía para tu mesa. El ninja, asomó la cabeza por la puerta del baño, te gritó que estabas siendo demasiado fácil. Pero Gonzalo te gustó porque lo sentías puro, y cuando entró la pureza en juego se te vino encima la educación católica. Fue en ese momento que se te pasó tu oportunidad para morir. Estabas a punto de dejar de tener 27 años. La edad de Kurt Cobain, de Janis Joplin, de Brian Jones. Morrison. Hendrix. A la profesora, ese día, se le escapó la posibilidad de una muerte legendaria. Ya no ibas a ser como el flaco que se había muerto flasheándola en una fiesta, ni tampoco te ibas a dar vuelta con un ácido y que tuvieran que internarte en un pisquiátrico. Ese día te despediste de la posibilidad de morir como una estrella de rock.

Salieron del bar con Gonzalo y fueron a comerse una hamburguesa a Costanera Sur. No ibas a Costanera Sur desde que eras chica: un domingo que tu papá te había llevado porque estabas triste pero al final te habías puesto peor. Cuando Gonzalo te empezó a besar con la reserva ecológica de fondo –dijo que era romántico y vos te acordabas de aquel domingo y te volvía la angustia– te llegó un mensaje del ninja: el encargado del bar estaba loco por hacer nidito de amor. Le dijiste que lo felicitabas, pero que por favor usara forro. No contestó. Después de la época de las fiestas electrónicas, de esperar la muerte y de pasar las madrugadas dando vueltas en la cama en medio de los bajones de la cocaína, cada uno había tomado un camino distinto: la profesora se había ido a vivir con un hombre que la protegiera, el ninja buscaba el amor teniendo sexo sin forro con desconocidos.

***

Te morías de bronca. No porque el celular sonara justo cuando estabas acabando, en la casa de mamá, con papá mirando su porno y vos escondida en la cama, tocándote como a los trece años. Tampoco porque el llamado era del ninja. Lo que te molestaba era seguir creyendo que Rabec estaba interesado, ser tan estúpida como para seguir esperando. La profesora se subió la bombacha. ¿Vamos?, dijo el ninja. ¿A dónde?, preguntaste. Te expliqué, nena, dijo el ninja: una de las empresas para las que estoy diseñando festeja el aniversario en la catedral. A la profesora se le iluminó la cara. ¿En la catedral?, preguntaste. Sí, boluda, vamos, dijo el ninja, y enseguida empezó a darle argumentos: que tirada en la cama todo el día no ibas a sentirte bien nunca, que iban a volver a la catedral, pisar "el suelo glorioso de la catedral", dijo el ninja. La cresta de la ola de tu juventud. Y como la profesora no había aprendido que nunca hay que volver al pasado, te bañaste, te pusiste las calzas ajustadas y le dijiste al ninja que te pasara a buscar.

Se pasaron el viaje en el taxi acordándose de las cosas que habían vivido en la catedral: el ninja besando a dos chicas al mismo tiempo, sin preguntarse por qué estaba transando con mujeres. La profesora y Natasha caminando de la mano y de repente otra chica se les acercó y les tocó el hombro y las dos al mismo tiempo flashearon que las estaban invitando a una orgía en el piso de arriba de la catedral, y siguieron a la chica por todo el boliche hasta que se metió en el baño y cuando entraron no había ninguna orgía, solamente los inodoros y el olor a caca de todas las veces. O cuando te habías metido en el baño con Natasha y habías sentido todo ese amor por el chorrito de pis contra el agua del inodoro.

El ninja le preguntó al taxista si había *tenido la oportunidad*, dijo, de besar a dos chicas al mismo tiempo. El taxista contestó que siempre, y también a tres y a cuatro, pero eso ya era más que un beso. Cuando llegaron y vieron la misma vereda te acordaste de las veces que habías salido de la catedral toda anfetaminosa, apretando la mandíbula mientras Natasha y el ninja tarareaban un tema que se les había quedado pegado: *Pasa el pichi la cebolla*. Habían flasheado que la música decía eso. Siempre se imaginaban que los sonidos eran palabras. Cada uno entendía algo distinto, pero entre Natasha y el ninja tenían esa complicidad y compartían lo que habían escuchado. La profesora se lo guardaba, era lo único que te guardabas, lo que creías entender en la música y no le decías a nadie. Era su secreto, las frases sin sentido que repetía en voz baja, bailando a full con los lentes de sol y los puños cerrados. Ahora entrabas a la catedral totalmente careta. Si habrás limpiado encías acá adentro, nena, dijo el ninja y te hizo acordar de un chongo, ahí adelante, al lado de la cabina del Dj, que en un momento te alzó y vos como una boluda seguías bailando con las piernas en el aire y al otro día estabas re enamorada del pibe. ¿Te acordás? Por fin estaban en la catedral, el lugar para cumplir el rito, para acercarse a Dios y sentir la comunión con el resto del universo. Y pensar que entre toda esa gente había amor puro, que todos eran una familia, como decía en un cartel, una vez, ¿te acordás?, decía el ninja, los carteles que decían "Pasti te quiero" o "We are family", y cómo a veces te ponía de mal humor que la gente fuera tan boluda. ¿Y cuando te pusiste contra la pared porque pensaste que te estaban robando? Te acordabas bien: eran unas pastis que se llamaban Intelligent y no se sabía qué droga tenían, si era mdma o 2cb o alguna de esas cosas raras que aparecían cada tanto, pero además de que el efecto era distinto habían tomado alcohol antes de salir y la mezcla les había pegado mal. Estabas contra la columna, dijo el ninja, y me decías que los hombres te estaban robando y yo pensé que lo decías tipo metáfora, pero no: te agarrabas el bolsillo del pantalón y a cada rato te fijabas si todavía tenías la plata. La profesora se empezó a reír, pero no era la risa de antes. Hacia donde mirara la profesora había perdido algo. Estaba en la catedral rodeada de pendejos que habían ido a festejar el aniversario de una empresa. Todos normales.

Ninguno como eran ellos cuando la noche les pertenecía. Miraste a tu alrededor: nadie saltaba. Todos estaban en sus cabales. Además la catedral no era lo mismo si no estaba Natasha. ¿Te acordás, dijo el ninja, que tiraban agua y los dos flasheábamos que nos habían acabado en la espalda? Gente sin anteojos de sol, chicos que salían a encarar, nadie haciendo cosas que pudieran escandalizar a los padres de nadie. Era como si hubieras vuelto al principio de todo.

—Me muero, boluda —dijo el ninja, que se había quedado petrificado mirando la barra.

La profesora lo reconoció enseguida: era He-Man. Se había cambiado el corte de pelo pero era él. No había dudas. Estaba de barman. Nunca le prestaban atención a la barra. Lo único que compraban era agua y eso al principio, cuando creían que había que tomar agua a cada rato porque si no te podías morir. Con el tiempo la profesora aprendió que cada sorbo de agua le bajaba la pasti. Se acordaron otra vez de cuando habían cortado el agua y la pasti les subió como nunca. La noche que el ninja se había enamorado de He-Man.

Pidieron un fernet cada uno. Nunca habían tomado alcohol en la catedral. Es un sacrilegio, dijiste, y cuando He-Man te dio el vaso le preguntaste si se acordaba de ustedes, un tiempo atrás, éramos jóvenes, dijo la profesora.

—Me acuerdo —contestó He-Man, pero parecía todo lo contrario.

—¿Sigue siendo el boliche de los más reventados?

—Los domingos. Empieza a las siete de la tarde y dura hasta las tres de la mañana. El ninja se empezó a reír. El horario parecía el de una matiné, cuando iban a bailar a

Dimensión a los quince años.

—Me quiero matar —dijo el ninja.

Tomaron el fernet pegados a la barra. He-Man no les daba mucha bola. Según el ninja mentía y no se acordaba nada. Había un flaco que te estaba mirando: 25 años aproximadamente. Estaba con dos chicas. El ninja dijo que seguro eran compañeros de sector: el flaco las supervisaba y ellas hacían el trabajo. Las dos eran un poco más chicas, usaban lentes, eran medio hippies o arties, o alguna de esas tribus urbanas que se visten como artesanas cool. Una tenía rastas.

Quizás eran pura imagen y en realidad eran telefonistas: atendían los llamados de los clientes y en los ratos libres estudiaban teatro. En el fondo seguro eran unas pelotudas. En cambio el flaco no, el flaco te miraba. Tomaste un trago de fernet. No estaba mal esa vida: salir con el ninja, conocer gente nueva, levantarse un chongo. No era la primera mujer que se separaba. Todavía podía gustarle a un hombre. Tu primer hombre en mucho tiempo, porque Gonzalo nunca había sido muy macho y a Rabec le faltaba un golpe de horno. Por eso quizás no lo habías podido tener. Tenías que empezar a reconocerte como una mujer y dejar de creer que todavía eras una pendeja. Lo de ustedes era un problema de peterpanismo. Se lo ibas a decir al ninja, pero se estaba yendo al baño. La profesora se acordó del baño, pero no de la vez que habías entrado con tu amiga y alucinaste con el chorrito de pis. De eso no tenías ningún recuerdo. En cambio te acordaste de Natasha mirándose en el espejo, sin poder creer que los ojos se le volvieran locos, mirate, decía la profesora, mirate fijo y se te pasa, pero a Natasha no se le pasaba y tenía que echarle agua en la nuca para bajarle la pasti, para que Natasha no estuviera, como decía ella, con la sensación de estar nadando, con los brazos atados, en un mar de agua caliente. Esa vez le había tocado a Natasha, pero las dos habían estado cerca de la sobredosis. El ninja también. La diferencia era que la mochila que tenía encima no se la sacaba más. La mochila del ninja era la más pesada y quizás por eso nunca hablaban del tema, querían hacer como que no existía. Tomaste otro trago de fernet. No lo podías creer: fernet en la catedral. En cualquier momento pasaban Los Auténticos Decadentes. Ahí tenías otro truco de magia en el cual también habías dejado de creer: esos boliches donde la gente baila canciones de Los Auténticos Decadentes y los chicos se abrazan para festejar que están borrachos. Y jugar al "niño yo no fui": el flaco que se acerca a una minita para darle vueltas, hacerle creer alguna mentira, esperar el momento para darle un beso y tocarle la cola. Todo eso que pasaba en los boliches que no eran electrónicos, cuando una tenía que hacerse la tonta, que el chico actúe como si fuera el lindo de una propaganda de Quilmes, la farsa de que estaban enamorados pero en realidad los dos querían coger. Te gustaba la catedral porque nunca había sido así: si te besabas con un flaco era porque el cuerpo te pedía el beso, y si le decías que estabas enamorándote era porque en ese momento el corazón se te salía del pecho. En esa época a la profesora no se le ocurría pensar que el efecto del éxtasis no era real. La droga reproducía la ilusión del amor igual que, a veces, le pasaba viendo una película romántica, de esas bien pochocleras que nunca querías ver salvo si era sábado, si estabas con fiaca, si era uno de esos fines de semana en que con Gonzalo todo parecía perfecto y se quedaban los dos en la cama, comiendo papas fritas y tomando Campari con jugo de naranja. La ilusión del amor existía, la catedral que estabas viviendo con el ninja también existía: un boliche normal, el mismo lugar de siempre pero sin la magia de sentirte parte. Marty McFly despertando en su casa, al final de *Volver al futuro*, y el padre es exitoso y la madre es una señora divina pero a Marty no le termina de gustar lo que está pasando.

—¿Querés un poquito? —el ninja volvía del baño y le tocó la mano. La profesora miró hacia abajo:

—¿Qué es? —dijiste.

Tenía una bolsa.

—¿De dónde la sacaste? —preguntaste.

—Papi consigue todo —dijo el ninja y te pasó la bolsa.

No querías volver a tomar merca, pero la tentación fue más fuerte.

En el fondo a la profesora le quedaba una esperanza: que si volvía a tomar cocaína iba a empezar el viaje de vuelta hasta la cresta de la ola. Si hubiera tenido el auto de *Volver al futuro* habría marcado la noche de Tiësto. Le sonreíste al ninja, le dijiste sos un pillo, atrapaste la bolsita y te metiste entre la gente. La profesora repetía el glorioso camino al baño: cuando ibas con la bolsita en la mano y te sentías la reina de la noche.

La primera decepción fue que el baño estaba vacío. Ni siquiera estaba la señora que cuidaba. Además tenía olor a limpio. La profesora entró en uno de los inodoros. No era lo mismo sin gente, pero igual se apoyó contra la puerta. Sacaste la bolsa. ¿Cuánto tiempo hacía que no tomabas? Te acordaste de la vez que se quedaron con el ninja charlando en el departamento y de repente apareció con el resultado de los análisis de sangre. Te había llamado por teléfono para decirte que había comprado dos bolsas, que fueras a la casa a tomar. Cuando les pegó la primera raya el ninja le dijo no sabés, boluda, me dio positivo el HIV. Así le había dicho. En ese momento a la profesora no le pareció tan grave. Sería porque la merca te había pegado bien y creías que el ninja era inmortal. Tomaron hasta el mediodía, hasta que a la profesora le empezó a arder la garganta y ya le daba asco ver la cocaína arriba de la mesa. "Cocacaína", decía Gonzalo que te había aclarado de entrada: conmigo esas cosas no, conmigo tenés que estar muy lúcida porque yo te quiero como sos. Por alguna razón esas palabras le habían hecho efecto y la profesora había dejado. Nunca más. No tenías ganas de convertirte otra vez en esa persona en la que te convertía la merca. Lo peor de la cocaína era que te hacía una mujer desconfiada, paranoica y egoísta. Todo junto. Lo contrario al éxtasis. Una vez hasta te habías peleado con el ninja por culpa de la merca. Estaban en la casa de él, dividiendo una bolsa que habían comprado entre los dos. El ninja hizo un mal movimiento y se le cayó la bolsa al piso. La profesora lo quería matar. Lo puteaste como jamás lo habías puteado. Si tomar éxtasis era sentir que todo el mundo era tu amigo, aspirar cocaína era saber que cualquiera podía ser tu enemigo. Esa vez habían terminado tomando del piso, los dos agachados con la cara apoyada contra el parquet. "Cocacaína", dijo la profesora en voz baja y apoyó la bolsa arriba del inodoro del baño de la catedral. Sacó las llaves de la cartera. Elegiste la llave de la puerta de entrada del edificio en el que habías vivido con Gonzalo. Apoyaste la espalda contra la puerta y metiste la punta de la llave en la bolsa. Mentira: habías tomado una vez más después de empezar a salir con Gonzalo. Había sido un fin de semana que Gonzalo se fue a cubrir el campamento de Reiki para la revista. ¿Cuándo había sido? Dos años y medio, pero habías tomado porque el ninja tenía una merca colombiana que le había regalado un chongo. Aspiraste con el otro agujero de la nariz. Más fuerte. *La cocaína es riquísima, pero nunca la pruebes.* Esa era la frase que decían todos los faloperos de las fiestas, los que se acercaban para molestar mientras una bailaba haciéndose mimos en los brazos, cuando vos no habías entrado en la merca y los que tomaban cocaína eran los repugnantes, igual que las palomas que empezaban a hacer ruido un poco antes del amanecer. Antes de salir del baño te miraste en el espejo: te fijaste que no tuvieras merca en la nariz.

Una noche sin Gonzalo y la profesora estaba tomando cocaína. Así de rápido. Le vino a la cabeza la canción de Calamaro: *tú me estás atrapando otra vez.* No te gustaba Calamaro. La única música que te gustaba era la que te hacía volar, pero igual cantabas mientras ibas entre la gente, entre los empleados de una empresa multinacional que se emborrachaban con fernet en el boliche donde habías sido reina, la persona más inmunda del universo, como la competencia de *Pink Flamingo.* Eso le dijo la profesora al flaco de 25 y el flaco la miró:

—Yo acá era la reina de las pastillas —dijo la profesora.

Las amigas del flaco te miraron raro. ¿Nunca habían visto a una mina dura? Pasaban una cumbia y el flaco te agarró las manos para bailar. *Quiero que me vuelvan a mirar tus ojos.* La cumbia de Los ángeles azules, la que la profesora bailaba en Clearing, en Flores, cuando Natasha era *stone* y la profesora no llegaba a tanto pero se ponía el jean ajustado porque en esa época tenía buena cola.

El flaco bailaba bien, pero para él esa cumbia no podía significar nada. Te gustaba porque iba al frente: bailaban y te apretaba contra el pecho, te metía la pierna y te acercaba la boca con aliento a fernet. Te dio un beso. Tuviste miedo de que se diera cuenta de que habías tomado cocaína y te pidiera que le convidaras. Yo acá bailaba sin parar todos los fines de semana, dijo la profesora y el flaco le dijo que sí con la cabeza. ¿Te gusta Tiësto?, le preguntaste. El flaco sonrió: Deep house, dijo, yo escucho Deep house. Tiësto es grasa, siguió el flaco. Si no hubieras estado tan dura te habrías puesto roja de la vergüenza. Pero no. Al contrario: te pusiste blanca porque la merca te empezó a bajar otra vez. Le dijiste al flaco que te esperara y corriste al baño. No quedaba mucho y encima tenías que darle la bolsa al ninja. Eso te deprimió del todo. Tomaste un poco y saliste del baño. La profesora agarró al flaco del brazo y fue a saludar al ninja. He-Man se había acordado de todo y tenía noticias de Natasha. No te importó. Le preguntaste si quería la bolsa. El ninja te contestó que tenía otra para él. ¿Vamos?, le dijiste al flaco y lo arrastraste hasta tu casa.

Estabas tan arriba que no te preocupaste por tus viejos ni siquiera cuando entraron y se escuchaban los ronquidos de tu papá. La profesora le apretó el brazo al flaco para que no hiciera ruido. El único hombre que habías llevado a tu casa a escondidas había sido Diego. Un nene. ¿Qué hacías con este flaco, a tu edad, entrando a la casa de papá y mamá en puntas de pie? La profesora le hizo señas al flaco para que entrara a la habitación. Cerró la puerta con llave. Le preguntaste si él tomaba. El flaco contestó que sí, pero te diste cuenta de que no había entendido a qué te referías. La profesora le mostró la bolsa y el flaco dijo que no, que sí tomaba alcohol, pero eso otro nunca había probado. Okey, dijiste. Sacaste la bolsa y te tomaste la media bolsa que te quedaba. ¿La novia de Rabec hacía esas cosas? Llevarse un flaco, tirarle la merca en el pito y tomarle de ahí. La más inmunda de todas. Ninguna pendeja se anima a llegar tan lejos. Una pendeja ni siquiera sabe a qué te referís cuando hablás de ser la más inmunda del mundo, de John Waters, de esa parte de *Pink Flamingos* cuando cogen con una gallina en el medio y la gallina empieza a sangrar.

El flaco estaba sentado en la cama y miraba todo con cara de susto. Qué vacío que está, dijo, y le preguntó hacía cuánto que vivía ahí. Le dijiste que te habías mudado hace poco. Me gusta Nirvana, dijo el flaco y señaló el poster. Tiësto, dijiste y chupaste la bolsa para sentirle el sabor a la cocaína, ¿te gusta Tiësto? El flaco te miró: sí, no sé, dijo, más o menos.

Estabas a punto de decirle que te dejara en paz, que se hiciera una paja y desapareciera. Si hubieras podido lo habrías ahorcado ahí mismo. Dame un beso, dijo la profesora, en cambio, y el flaco se acercó y le puso la boca para darle un pico. Te subiste arriba de él con las piernas abiertas. En el fondo le gustaba estar con un boludito así. Te daba la misma ternura que tus alumnos. Había que coger sin hacer ruido mientras mamá y papá dormían. El flaco le tocó las tetas. Enseguida iba a querer desabrocharte el corpiño, quizás tu papá estaba escuchando. Y tu mamá seguro estaba parada en la puerta de la habitación, dudando si entrar a los gritos o llamar a la policía.

—Apurate —dijo la profesora y se paró para sacarse el vestido.

Te dejaste la bombacha puesta. Apenas te habías humedecido. La profesora se puso de espaldas y apretó la mandíbula. De repente tuvo un pensamiento tan lúcido que no pudo pensar en otra cosa: se estaba cogiendo a un cuerpo que iba a pudrirse. Se estaba cogiendo a un muerto futuro y ella también estaba muerta desde ahora. Se agarró del flaco porque tenía miedo. Pensaste que la rubia también hacía lo mismo, que Rabec hacía lo mismo. No eras nadie y el flaco te cogió más fuerte, le tapaste la boca, tembló cuando acababa. Te quedaste acostada boca arriba mientras el flaco se dormía. El celular había quedado en el piso. De repente estabas desesperada por mandarle un mensaje a Gonzalo, pero si Gonzalo recibía un mensaje tuyo a las cinco de la mañana se iba a dar cuenta de que estabas en cualquiera.

Las palomas empezaron a hacer ruido. No eras nadie. No eras la reina de nada. ¿Para qué habías tomado? Dabas vueltas en la cama, al lado de un desconocido, mientras tratabas de dormir y la mandíbula dura te rompía pedacitos de muelas. Preferías estar muerta. La profesora prefería estar muerta. Esta vez y todas las anteriores que había cogido y se había paranoiqueado tanto como en esta que se agarró del tipo y cerró los ojos y le pareció que estaba cogiendo con un perro, un perro que pensaba que Tiësto era viejo, que la profesora era vieja, que la música con la que habías reconocido tu condición de navegante de las aguas de la conciencia ampliada había pasado de moda. Lo raro era que a pesar de eso estabas en la cama con él, igual que habías estado mil veces con todos tus chongos. Conocías la secuencia: estaban las palomas, estaba el ronquido del flaco. En cualquier momento empezaban los pajaritos. Los pajaritos cantándole al amanecer en medio de tu bajón de merca eran como el nene de las películas de terror. Nada más tenebroso. Y en un rato se iba a despertar tu mamá. Pasaste por encima del flaco para bajarte de la cama. A propósito le golpeaste las piernas con el pie. El flaco abrió los ojos.

—Te tenés que ir —dijo la profesora y empezó a vestirse.

Miró al flaco mientras se levantaba: el cuerpo que acababa de cogerse y le había dejado de interesar. La misma sensación de encontrarse con un diario que ya leíste. No tenía que estar pasando por eso. Tenía que estar en su cama, escuchando a Gonzalo hablar mientras dormía. Tenías que estar con Rabec.

—¿Vamos? —dijiste.

—Me faltan las zapatillas.

Estaban por salir cuando la profesora escuchó que abrían la puerta del living. Se le subió el corazón a la boca, pero enseguida reconoció los tacos de mamá. Mamá venía de la calle. ¿Había ido a comprar facturas? Le dijiste al flaco que se apurara. El flaco te agarró la cara para darte un beso. La profesora le sacó las manos y abrió la puerta de la habitación. Se fijó que mamá no estuviera en el living. Los gemidos de una porno y las palomas de fondo. La luz del televisor de papá por debajo de la puerta. Mamá hablando en voz baja.

Salieron rápido de la casa. El encargado del edificio de enfrente baldeaba la vereda, te miró pero no lo saludaste.

Caminaron hasta la esquina. El flaco te pidió el número de celular antes de subir al taxi. Se despidieron con un beso en la boca. No querías encerrarte en tu cuarto. ¿Qué estaría haciendo Rabec a esa hora? Volviendo de bailar, borracho, con sus amigos. O durmiendo con la rubia, haciendo cucharita. Otra pavada. Las mariposas en la panza y la cucharita eran las dos formas de ponerle palabras a ese enamoramiento de película de Disney que sentías con Diego. El problema con las películas de Disney era que terminaban cuando la princesa y el ogro por fin podían estar juntos. No mostraban lo que venía. Ahí es donde una siempre falla. La película termina en el comienzo del amor. Todo el mundo sabe que lo que viene después ya no le interesa a nadie. Lo único que era para siempre era el despecho. Llevar el cadáver de Rabec en sus espaldas. Caminaste. Cualquier cosa era mejor que volver a la cama a soportar el bajón. A esa hora de la mañana todo estaba tan quieto que daba lo mismo que el mundo existiera o que fuera un flash tuyo. Los árboles quietos, algunas nubes, un auto que pasó despacio y dobló en la esquina ¿Ese que cruzaba la calle no era el meditante? Lo miraste bien: era él. No tenías ganas de que te reconociera. Se imaginó que el viejo también volvía de bailar, que había ido a ejercer su derecho de disfrutar del amor en todas sus formas en algún boliche de jubilados. Te cayó simpático. En la otra cuadra unos chicos venían gritándoles a unas pendejas que iban por la vereda de enfrente. De repente se te fue la paz que te había transmitido ver al meditante del amor. Sentiste que todos eran unos idiotas: las pendejas que usaban minifaldas hasta que casi se les veía el culo pero no sabían caminar con tacos, los pibes borrachos, creyéndose vivos porque volvían de bailar y apenas podían mantenerse en pie. A la misma edad que ellos la profesora estaba convencida de que su vida iba a ser una excusa para divertirse mientras el resto del mundo ignoraba que ella, que el ninja, que Natasha y todos los drogones con los que se juntaban, tenían un as en la manga. Pero no. El lugar lo habían ocupado esos pendejos, Rabec, la rubia con voz de pito. El único consuelo era que ellos también se iban a dar cuenta de que habían vivido en una mentira, que en la etapa en que se creían más vivos en realidad eran los más nabos. En una de esas había que dejar la docencia, pensó la profesora, tener un trabajo que no le recordara todo el tiempo que a sus alumnos la juventud también se les iba a escapar de repente porque era un ciclo, porque tenía que ser, porque en algún momento las cosas se escapan de uno. El meditante del amor esperaba un colectivo. Un viejo de su edad esperando un colectivo a esa hora de la mañana te daba miedo. Te hacía pensar que todavía faltaba lo peor. Que la crisis que atravesabas era nada más que el inicio de una sucesión de crisis que iban a terminar cuando llegara la muerte. Si la vida se iba a convertir en eso la muerte no era tan mala idea. Lo peor no era la crisis, sino la sensación de no estar en ninguna parte. Acababas de pasar la noche con un flaco que no conocías, habías tomado cocaína y el flaco te había cogido rápido y se había quedado dormido. La misma escena que ya habías vivido, pero antes te sentías parte de eso. Así y todo estabas sorprendida de tu capacidad para tropezarte con la misma piedra. Estabas dando vueltas por las mismas manzanas de Villa Crespo, a la mañana, como las primeras veces que volvías de bailar. A quince cuadras estaba Gonzalo. En al barrio de al lado vivía tu terapeuta. ¿A cuántas cuadras quedaba la casa de Diego donde había empezado todo? Tus

30 años cabían en un par de barrios de la ciudad más grande de un país deshabitado en el culo del mundo. Volviste a la casa de tus viejos. El encargado del edificio de enfrente seguía baldeando. La profesora le dijo buen día pero el encargado no contestó. Abriste la puerta. Sentiste el olor del perfume de mamá. Estaba en la cocina. Tenía puesto el colgante de plata que le habías regalado.

—Salí a comprar el pan —dijo mamá.

—¿Así vestida?

—Me visto como quiero —dijo tu mamá—. ¿Y vos de dónde venís a esta hora?

Un rayo de sol entraba por la ventana. La profesora no supo qué contestar. Diste media vuelta y caminaste a tu habitación. Escuchó los gemidos de una mujer que, detrás de la puerta del cuarto de papá, gritaba *I'm coming* y aullaba como una perra.

4.0

El dealer había cambiado de auto. Ahora tenía un Mitsubishi. No sabías si era mejor que el Honda Civic que manejaba antes.

—Tanto tiempo –dijo el dealer–. ¿Qué vas a querer?

La profesora le pidió una bolsita de merca que el tipo sacó de abajo del asiento. Le contó que hacía mucho que no consumía, pero que se había separado y estaba soltera. En el momento pensaste que habías quedado como una regalada, "soltera", como si te estuvieras poniendo en oferta.

—Que te diviertas —te dijo el dealer.

Lloviznaba. Caminaste sintiendo las gotas de lluvia en la cara. En las peores épocas tomabas cocaína a esa hora de la tarde. Ese era el problema de ser profesora: tenías demasiado tiempo libre. Dar clases y cada tanto corregir exámenes. Así te iba. Tenías que pedir más cursos, porque si no ocupabas el tiempo en algo te ibas a enganchar con la droga. Ni siquiera entendías cómo habías vuelto a entrar en esa locura. No te importaba. Era lo único que podía diferenciarte de la noviecita de Rabec, de Rabec o de cualquiera de esos pendejos. Vos podías hundirte mucho más hondo. Lo tuyo no era buscar tus límites, lo tuyo era demostrarles que seguías siendo la más zarpada. Te volviste a acordar de John

Waters. Esos pendejos ni siquiera sospechaban la existencia de películas así, de un tipo haciendo caca en cámara, de una gallina con el cuello quebrado en medio de dos cuerpos que están cogiendo. Todavía les faltaba. Era una estupidez, pero a la profesora la hacía sentir orgullosa. ¿Rabec tenía en su casa las drogas que vos habías tenido? ¿La rubia con voz de pito las tenía? Esa costumbre nunca se te había ido: acopiar por las dudas, por si en algún momento se presenta la oportunidad. En una época tenías porro, cocaína, ketamina y pastis en el cajón de abajo de la cómoda, y cuando viste *Pánico y locura en Las Vegas* la flasheaste porque en la película decían lo mismo: que el drogón necesita saber que tiene todas las drogas a mano. Antes no existían las redes sociales. A la profesora la cocaína le había hecho conocer gente que estaba en la misma. Con las redes sociales ibas a encontrar un chongo enseguida, porque la merca la hacía confesarse y entre la "gente del palo" una siempre se siente más cómoda. Te daban asco esas expresiones. La pelotuda que se hace la piba chorra, una burguesa que vive bien con el sueldo de tres clases a la semana. Y el sueldo de Gonzalo, eso ya no lo tenías. Otra razón para pedir más cursos. Por lo menos en la casa de mamá y papá no pagaba el alquiler, pero la profesora no iba a aguantar mucho tiempo más viviendo con ellos. Tanteó la bolsita en la cartera: no tenía que engancharse con la merca. Ser inmunda también era ser inteligente. En eso le ganabas a cualquiera. Ibas a visitar a Lorena y se te iban a ir las ganas de tomar. Eras una máquina. Podías controlarte.

Apenas abrió la puerta del edificio, Lorena se dio cuenta de que te pasaba algo.

—¿Estás bien? —preguntó.

—Sí. ¿Por qué?

—Estás rara.

—Estoy bien. ¿Y vos?

—Aburrida.

—¿Qué pasa? ¿Ningún amor?

Lorena sonrió:

—Al contrario —dijo y empezaron a caminar.

—¿Entonces?

—Lo tengo de compañero.

—¿Y?

—Me estoy aburriendo un poco de vernos tan seguido.

—Quién te entiende a vos —dijiste.

Lorena hizo un gesto con las manos. Tenía razón: no estaba bueno verse tan seguido. Lo sabías, pero era uno de tus errores favoritos siempre que te ponías de novia.

—¿Comemos algo? —preguntó Lorena.

—¿Qué tenés ganas?

—¿Un helado?

—Puede ser.

—¿Le podemos decir a papá?

—¿Está?

—Sí.

—Bueno.

—¿En serio?

—Sí.

Lorena dio media vuelta y volvió al edificio. Tocó el timbre. Tu terapeuta parecía estar esperando que lo invitaran. Eso era lo que más te molestaba de él: que siempre estaba dispuesto. A los dos minutos estaba abajo. El arrastrado de tu terapeuta se había puesto perfume:

—Qué lindo verte —dijo.

La profesora sonrió. Empezaba a arrepentirse de haber ido. En veinticuatro horas ya te habías arrepentido dos veces. Tenías sueño, la bolsa de merca te quemaba en la cartera y te acordabas del flaco que te habías cogido.

—¿Tus cosas están mejor? —preguntó tu terapeuta.

Lorena caminaba entre ustedes, como cuando era chica y los tres salían a pasear, los fines de semana, esos pocos meses en los que tuviste la ilusión de que habías formado una familia. Lorena estaba excitadísima y no paraba de hablar. Que en esa casa vivía una compañera que era un "pene", dijo, ¿cómo había dicho?, un "pene". Tu terapeuta le pidió que no hablara así. Es como se habla ahora, papá, dijo Lorena. Ni "boluda" ni "naba" ni ninguna de esas cosas. Los chicos de hoy en día decían "pene". ¿Y qué más dicen?, preguntó la profesora, pero Lorena se había adelantado. Tu terapeuta empezó a caminar más despacio. ¿Cómo estás?, te preguntó. Habían entrado por Palestina. En la otra cuadra estaba el baldío. Le ibas a decir a tu terapeuta que cuando eras chica pensabas que en ese baldío había una fauna que solamente existía ahí, pero seguro ya se lo habías contado en alguna sesión, y si no se lo habías contado peor: no tenías ganas de que te empezara a analizar. Le gritaste a Lorena que tuviera cuidado, que se había parado debajo de la marquesina de la heladería y que la marquesina se podía caer. Tu terapeuta se empezó a reír. Estás vieja, dijo, uno se pone viejo y todo el tiempo tiene miedo de que pase algo malo. A la profesora no le hizo gracia el comentario. Sobre todo porque era verdad, porque antes jamás pensaba en accidentes ni en fatalidades. La diferencia era que por fin lo veías claro: allá en el fondo de verdad estaba la muerte.

Entraron a la heladería.

—¿Qué te pido? —preguntó tu terapeuta.

Ahí estaba el mismo de siempre, haciendo de papá bueno, sin saber cómo tratar a la profesora para hacerla sentir una mujer. Le dijiste que querías un vaso chico, de crema americana y chocolate, pero que vos lo pagabas. Tu terapeuta hizo el mismo gesto de siempre: que no con el dedo y con la cabeza, poniendo cara de enojado, diciendo que no tantas veces que el heladero se quedó esperando, con la mano hacia arriba, que tu terapeuta le diera la plata. A una le hace click la cabeza en cualquier momento: a la profesora le pasó mirando a su terapeuta. Te diste cuenta de que extrañabas a Gonzalo.

***

El ninja le dio una seca al porro y te lo pasó todo chupeteado. Habían puesto "Paranoid Android" porque los dos coincidían en que era el mejor tema de *OK Computer*. Si Radiohead eran los nuevos Beatles, pero no en el sentido histórico, dijo el ninja, sino que reinterpretan la música que ya existía como lo hicieron los Beatles, "Paranoid Android" era el nuevo "A day in the life", otro temazo, dos canciones que hablaban de lo mismo: de que estar vivo es un sometimiento.

Le preguntaste al ninja qué había pasado con He-Man. El ninja dijo que se había quedado un rato más dando vueltas por la catedral, acordándose, solo, guacha, porque te fuiste detrás del primer chongo que apareció, de las veces que habían saltado en esa pista con Armin van Buuren, con Ferry

Corsten, toda la flor y nata del trance, boluda, nosotros vimos a los mejores, y de repente se había acordado de un tipo que en su momento era como un dios: se había acordado de Aldo Haydar, el Dj de los putos, el único que hacía *house* y *progressive* pero a él le gustaba igual porque era un *house* para drogones, bien flashero, y cuando la profesora no iba hacían rondas con los otros putos, todos en cueros, agarrados de los brazos, cada uno en su mambo pero al mismo tiempo en una especie de trance místico, ¿entendés?, le dijo el ninja, esas son cosas que no volví a vivir nunca más. Te habías olvidado de Aldo Haydar. Te sentiste una pésima historiadora de la época que habías vivido. El ninja tenía razón: Aldo era una eminencia, el tipo que aseguraba que nadie iba a parar un segundo, que ibas a meterte en la burbuja de luces con el pecho inflado, con las cosquillas en la espalda, y que en un momento, cuando te sacaras los lentes y los vieras a todos en plena fiesta, ibas a sentir que el resto de las personas del mundo estaban todas adentro tuyo. La profesora nunca más había sentido lo mismo. Ni con Cattáneo, boluda, dijo el ninja, porque Cattáneo se hacía el Jim Morrison pero era más aburrido que Copani tocando el xilofón. El único argentino que te llevaba al nirvana era Aldo, siguió el ninja, y te juro que me vuelven las cosquillas en la espalda. La cuestión es que vos te fuiste con el chongo y yo me quedé hablando con He-Man, dijo el ninja acariciándose la panza, como había tomado merca me animé y le pregunté a He-Man si se acordaba que una noche habíamos estado re enamorados, así le dije, sin anestesia, boluda, y He-Man me contestó que él y yo teníamos mucho de qué hablar.

—No me digas que al final era príncipe Adams —dijo la profesora.

—Pará —contestó el ninja—. No seas ansiosa.

Resulta que se pusieron a conversar en la barra y salió el tema de Natasha. He-Man y Natasha se seguían viendo, y yo ahí me morí de celos, boluda, dijo el ninja, pero He-Man me dijo que eran amigos nada más y que Natasha no se había ido a España ni tenía novio español ni nada: es escritora, parece, y tiene chongo hippie y anda en toda esa movida. Debe estar hecha una hippie sucia, dijiste y el ninja te miró y te dio la razón, pero en el fondo William Blake la tenía clara: el camino de los excesos había llevado a Natasha al templo de la sabiduría, o algo así, porque seguro era mejor ser escritora, por más sucia que fuera, que seguir juntándose a fumar porro y a acordarse de capítulos de *Los Simpson*, siempre lo mismo, porque si te ponés a pensar, dijo el ninja, nosotros nos quedamos ahí, en *Los Simpson*, los mismos capítulos trescientas millones de veces, como estar dando vueltas en una de esas rueditas que tienen los hámsters. La profesora se empezó a reír. *Los Simpson* y *He-Man*, dijiste, nos quedamos en los dibujos animados.

—Me lo llevé, boluda —dijo el ninja.

—¿A He-Man?

—Sí.

—¿Cogieron?

El ninja se puso serio, dijo que no con la cabeza, muchas veces, como si lo sacudiera una descarga eléctrica. He-Man era tan minita que hasta tenía un lápiz labial en el bolsillo, no sé para qué, dijo el ninja, porque yo pensaba que en cualquier momento se iba a pintar los labios, pero nada más me lo mostró, "mirá lo que tengo", y siguió hablando y al final no hizo nada. Habían ido a la casa del ninja porque

He-Man vivía con la madre, como buen puto. En el camino ya le estaba diciendo que se quería casar, que quería adoptar chicos y todas esas cosas. ¿Vos podés creer la puntería que tengo? A la profesora no le hizo gracia, pero igual se rio. Te diste cuenta de que la risa era una respuesta automática, una forma que tenías de reaccionar si no encontrabas nada para decir. Te había pasado lo mismo cuando te llevaste a ese flaco a tu casa. No tenías ganas, pero el flaco te había mirado. Además estaba el despecho: cogerse a otro le daba la ilusión de que Rabec nunca le había dicho no me interesás más. Alucinabas.

El ninja seguía contando: al principio le había parecido un pelotudo, pero se enamoró de la pureza de He-Man. En algún momento, mientras He-Man decía que él iba a envejecer al lado del hombre que amaba, al ninja le había hecho click la cabeza y estuvo a punto de ponerse a llorar. Entraron a la casa de la mano, pero no porque He-Man se lo hubiera pedido, fue el ninja el que le agarró la mano cuando abrió la puerta y el departamento estaba inmaculado, y yo flasheé que estábamos entrando a nuestro hogar, dijo el ninja. He-Man le había agarrado la cara para darle un beso y había sido tan tierno que si en ese momento le proponían vivir lo que le quedara acurrucado en la cama, mirando una novela de canal 9 con He-Man, el ninja habría dicho que sí y hasta era capaz de dejar todos los vicios. Con él no pensaba cómo tendría la pija, si se lo iba a saber coger o si sería una pasiva. Toda esa pureza de He-Man lo irradiaba como un sol, ¿entendés? Entendías. Habías sentido la misma pureza con Gonzalo. La diferencia era que en ese momento no pensabas que era una ilusión. Nunca más creíste esa mentira. El ninja se moría de felicidad. Le acarició la mejilla y le dijo que le iba a hacer el amor, así se lo dijo, porque en ese momento había entendido la frase. "Hacer el amor", ¿te das cuenta? "Construirlo". He-Man lloraba de la emoción. El ninja también, pero no se le cayeron lágrimas. Era todo tan perfecto que no quiso empezar con mentiras. Le dijo que antes de seguir tenía que confesarle algo (a He-Man le cambió la cara): Tengo HIV, dijo el ninja. Se lo había dicho porque He-Man era tan puro que quiso estar a su altura, pero al final se daba cuenta de que ya no quedaba nadie en quien confiar. Qué solos estamos, dijo el ninja, vivimos rodeados de gente peligrosa, nosotros mismos somos peligrosos. La profesora le dijo que no tenía que pensar eso, que al final la terapia no le servía para nada, dejate de joder, y de repente se acordó de las palabras que le había dicho el meditante del amor: que el amor es algo demasiado grande y abstracto para forzarlo a que entre en una persona. El tema es que si no entra en alguien se te vuelve en contra, dijo el ninja, y le contó que He-Man le dijo que no tenía ningún problema, al contrario, que le encantaba que tuviera HIV. Tampoco la pavada, había dicho el ninja y había empezado a desconfiar, porque una cosa es decir que no pasa nada y otra es que le encante. He-Man se le había tirado encima y te juro, boluda, me empezó a dar miedo, tenía tanta violencia que por un momento pensé que era una especie de vengador que mataba a sidosos. La profesora no sabía si reírse o no. ¿Qué pasó?, dijo, terminá de contar. La cuestión es que el ninja todavía seguía pensando que He-Man era un alma pura, a pesar de todo, y si me preguntabas en ese momento yo me casaba, porque un poco de violencia tampoco está mal. Sí, dijo la

profesora, dale, seguí. He-Man le había sacado la ropa y le
había chupado hasta el dedo gordo del pie, te juro, empezó
dándome besos en la boca y terminó en el pie. Rodilla,
ombligo, todo me chupó, menos la pija. ¿Y por qué no te la
quería chupar?, preguntaste. El ninja dijo que lo primero que
pensó fue que He-Man tenía miedo por el HIV, que iba a
ser como esos que te dicen que no hay ningún problema con
que tengas sida pero están toda la cogida con cara de asco.
En un momento me empezó a hacer la paja, dijo el ninja.

—¿Y?

Nada, siguió el ninja. Me preguntó si ya quería acabar, si
tenía los huevos bien llenos de bichitos. Yo ahí lo miré raro,
pero He-Man estaba en éxtasis, te juro, tenía la mirada perdida
como si estuviera drogado pero no, era de la calentura que
tenía. El tipo me dijo que me siguiera tocando yo y se sacó
la ropa. Aunque parecía una perra yo todavía quería casarme
con él y adoptar un chiquito somalí a lo Madonna. Entonces
He-Man se queda en bolas y se pone en cuatro. "Vení", me
dice, "llename la cola con tus bichitos". Le dije que esperara
que iba a buscar un forro, pero He-Man me agarró la mano
fuerte y me pidió que por favor no: él quería que le acabara
adentro y le pasara el virus, ¿entendés? La profesora se quedó
con la boca abierta. ¿Para qué quería eso? El ninja le dijo que
son fetiches. Hay putos que tienen ese fetiche. Es como jugar
a la ruleta rusa con el culo, dijo el ninja y se empezó a reír,
pero en el momento se había querido matar. Te juro que He-
Man me gustaba, dijo. Como no había querido cogérselo sin
forro He-Man se enojó y no quiso hacer nada más. El ninja
ni trató de convencerlo. Le abrió la puerta (He-Man igual le
dio un beso en la mejilla) y cuando se fue estuvo llorando dos

horas como una tarada. Se te hizo un nudo en la garganta. Si querés tengo una bolsita en la cartera, le dijiste al ninja. El ninja abrió grandes los ojos. No quiero, dijo, esperá que te termine de contar. Había estado llorando dos horas como una tarada y de repente había tenido una epifanía. ¿Sabés de qué me di cuenta?, dijo el ninja y agarró la bolsa: que es al pedo sufrir por un chongo, te das vuelta y tenés mil chongos para elegir. Eso dijo, y que encima todos estaban buenísimos. Y todos son información, dijo el ninja, todos te tiran datos que antes no tenías: el mundo de la loquita, del machote, del intelectual, del boludo que va al gimnasio... Es como la multiplicación de los peces y los panes pero en versión Village People, dijo el ninja, metés la mano y sacás un puto nuevo, nueva información. Esta vez me tocó el *bugcatcher*, un freaky que quiere que le contagien el sida. La próxima, quién te dice, consigo al príncipe azul. Te amo, contestaste y le diste un abrazo. El ninja te apretó fuerte. Te devolvió la bolsa: no quiero tomar merca, dijo. La profesora tampoco quería tomar. Lo habías pensado bien y te diste cuenta de que no había vuelta atrás. En eso tampoco era posible retroceder el tiempo. Se te ocurrió hacer un ritual. Un acto psicomágico, dijo la profesora. Iban a peinar dos líneas en el plato y las iban a tirar al inodoro. Ni en pedo, dijo el ninja, eso no se hace. Un ritual para que toda esta mierda se termine, dijiste. Cada raya iba a representar a uno de ustedes. La parte más triste, la que no podían aguantar. La profesora abrió la bolsa. El ninja fue a buscar un plato a la cocina. No lo calientes, dijiste.

—No lo voy a calentar.

Peinaron una raya cada uno, bien gruesas, con todo lo

que había en la bolsa. A mí hacémela más grandecita, dijo el ninja. Agarraste el plato, lo llevaste al baño, le pediste al ninja que tirara la cadena. El agua empezó a dar vueltas y la profesora echó al inodoro las dos rayas de cocaína más grandes que jamás habían peinado.

***

Tu terapeuta te llamó a tu casa, como antes, la casa donde vivías con tu mamá y tu papá, porque en la relación con tu terapeuta el mundo seguía siendo el mismo de siempre. No te sorprendió que te hubiera llamado. Era lo más obvio y podías anticipar cada cosa que iba a decir: que Lore estaba contenta, que a él le había gustado verla pero vos seguís mal, decí la verdad, yo te conozco en serio, soy el único que te conoce, ¿sabés?, sí que sabés, dijo tu terapeuta, lo sabés bien. La profesora le dijo que no, que ya estaba mejor, que no estabas segura de que te conociera tanto. Lo que pasa es que una se expone, dijiste, a mi edad ya tendría que estar casada con hijos y resignarme, pero no. Se escuchó decir todo eso y se arrepintió enseguida. En cualquier momento se venía el sermón: tenés que preocuparte menos por lo que te pasa y dejar que el tiempo actúe solo, iba a decir tu terapeuta, hacé como yo: viví sin preocuparte por nada que sea extraño a tus emociones, date la oportunidad de estar bien con vos misma y vas a ver cómo...

—Claro —dijiste.

Me anoté en salsa, siguió tu terapeuta. Se había inscripto en un gimnasio cerca de su casa. Está bueno, bailás, hacés

ejercicio y además te relaja, dijo y exhaló. No lo aguantabas
más. Si cada chongo era información, como había dicho el
ninja, tu terapeuta te daba datos del patetismo del tipo de 40
que se está reinventando, un nabo que de repente creía en la
energía, en dejar que las cosas fluyan, la versión Sai Baba del
mismo que antes, cuando estaba con vos y se ponía a gritar
por cualquier cosa. A veces empezaban jugando, en algún
momento el juego se les iba de las manos y tu terapeuta
terminaba dando un portazo y se iba, a veces con Lorena,
que todavía era chica, que se había criado con un padre que
discutía por todo y que ahora bailaba salsa y era paz y amor.
También creías en la energía, pero era distinto: había llorado
alucinando que tocaba la energía.

—¿Tenés ganas de que nos veamos? —dijo tu terapeuta.

—Me tengo que ir.

—¡Hablamos al mismo tiempo!

—Sí.

No sabía qué contestar. Nos podemos ver, dijo la
profesora, pero tranqui, para charlar, yo no estoy para otra
cosa. A tu terapeuta le pareció bien, hay que dejar que fluya,
no precipitarse. Es más: no quería que lo tomaras como una
cita. Era obvio que los dos estaban solteros y eran grandes y
por lo tanto no podían ser tan ingenuos de pensar que entre
nosotros no puede pasar nada porque, vos lo sabés bien,
donde hubo fuego quedan cenizas, pero no es la idea, dijo
tu terapeuta, la idea es que estés tranquila, que te puedas
encontrar a vos misma y si yo te puedo ayudar a eso, yo que
sé de verdad quién sos, entonces me voy a sentir realizado.
Le dijiste que si era así podían verse. La profesora había
respondido eso porque no tenía nada que hacer, porque no

quería estar mucho tiempo en la casa y porque si no hacía algo iba a llamar a Gonzalo y no quería. Se conocía bien: si llamaba a Gonzalo le iba a pedir perdón y él iba aceptar y entonces iban a volver a hundirse en la nada. En *La Historia sin fin* la nada era el terror. En algunos doblajes de la película decían "la vacuidad". Bastian, Falcon y Atreyu peleando en contra de la vacuidad. A los 30 años había resultado que la vacuidad había asesinado a todas tus relaciones. Y las que no habían llegado a ser relaciones habían sido nada también. Okey: ibas a salir con tu terapeuta y eso te salvaba de hacer cualquier otra pavada. Elegías la pavada menos grave. Una que la profesora pudiera controlar. Vamos a comer, dijo tu terapeuta y aceptaste porque además no lo querías seguir escuchando. Se iban a ver en dos horas, ¿llegás? Sí. Me baño enseguida, dijo la profesora, él le mandó un beso, ella también, y cuando cortó se dio vuelta y tu mamá te estaba mirando. Había estado todo el tiempo ahí, pasándole un trapo a los muebles.

—No ceno acá —dijiste.

La profesora entró a bañarse rápido antes de que mamá le hiciera preguntas. No tenía ganas de contestarse ni siquiera a ella misma. Empezaste a cantar la música de *La Historia sin fin*. Lo bueno con tu terapeuta era que si no pasaba nada no tenía derecho a enojarse. En eso era la cita ideal. No tenías que acostarte con él si no tenías ganas. Y te conocías: no ibas a tener ganas. Se sacó la ropa. Te miraste en el espejo, te agarraste las lolas. *Neverending story*, cantaste y sí, todavía estabas buena. No te merecías un viejo como tu terapeuta. El ninja no había aparecido. Lo habías llamado pero dijo que estaba triste y que no quería hablar. Te habías dado cuenta de que no era información solamente. Era otra cosa: un programa que te bajabas. Cada chongo que pasa por tu cama es una aplicación nueva para el celular que tenés en tu cabeza. La profesora abrió la canilla, se lavó la cabeza y se enjabonó. No se iba a depilar, así estaba segura de que no iba a haber sexo. Si no ibas a caer de nuevo: emborracharte para aguantar la conversación de tu terapeuta que, encima, estaba en plan superado. Hacia la mitad de la conversación la mano de tu terapeuta en la tuya. Todo según el orden preestablecido que conocías de memoria. La diferencia era que no ibas a ceder. De ninguna manera, pensó la profesora y cerró la canilla. Iba a cenar con él y esperaba que la charla la hiciera recapacitar. Una conversación madura con uno de los hombres que mejor la conocía. El otro era Diego, pero de él nunca supo nada más, ni siquiera en Internet. Era como si nunca hubiera existido. Te daba envidia que prescindiera de Internet. Vos, en cambio, vivías conectada pero estabas tan sola que el único que te daba bola era tu ex más viejo, *neverending story*, cantaste en voz baja y pensaste que eso estaría pensando tu mamá, en la cocina, mientras esperaba que salieras del baño para llenarte de preguntas. Antes no te decía nada, pero en el último tiempo sí: ¿no te dan ganas de ser mamá? ¿Gonzalo no quiere ser padre? Ya ni siquiera estaba Gonzalo. Lo único bueno es que ninguno de los dos había sufrido. Eso te ponía contenta, por decirlo de algún modo, habías llegado hasta ahí haciendo lo que tenías ganas. Si mamá se había pasado setenta años reprimiendo las ganas de no ser un ama de casa, la profesora había logrado no serlo. Era una de las pioneras. Ahora cualquier pendeja era soltera, se cogía al tipo que tuviera ganas y se podía dar el lujo de salir con un ex y decirle que no en la cara. Pero vos no eras una pendeja. A la profesora la habían criado para otra cosa. Había sido una rebelde, por lo menos eso. ¿Qué pensarían las monjas si la vieran? Era una puta y una drogona, las dos cosas al mismo tiempo, y eso te hacía sentir orgullo porque a la larga significaba que seguías buscando maneras de ser feliz, porque no te querías resignar a que la vida era eso que vivía tu mamá, porque cada vez que fumabas porro era como abrir una ventana y vos tenías 6 años y el mundo era una cosa para explorar con la boca abierta. Se terminó de secar el pelo. No se iba a maquillar. Conociéndolo a tu terapeuta, era darle una señal para que avanzara. Te ibas a vestir normal, con un escote que le hiciera dar un poco de ganas pero hasta ahí. No querías que tu terapeuta se pusiera pesado. La profesora estaba harta de pensar. Eso era algo que las monjas le habían enseñado, pero tampoco lo había aprendido. Pensar hace mal. Es mejor rezar el rosario, un padrenuestro, repetir una oración y dejar de tener ideas. La única idea era la fe. Eso se lo habían dicho todo el tiempo, los doce años que estuvo en ese colegio: la fe no se cuestiona, se tiene y nada más. Tenía que creer. No en Dios, no en la Virgen María. La cosa era mucho más importante: tenías que creer en vos, en que casarse, tener hijos y ser como tu mamá estaba bien. El camino de los excesos no te había llevado a ningún templo, te había llevado a elegir un escote más abierto, a ponerte perfume en el pecho, a saber que no ibas a hacer nada porque no te habías depilado. Mamá la miró de arriba abajo cuando se acercó para darle un beso. Saludá a tu padre, dijo mamá. La profesora contestó que estaba apurada. Salir de esa casa fue sentir que volvía a respirar.

A esa hora, cuando salía con Diego, iban al cine, a comer a Wendy's, y antes de las once de la noche estaba de vuelta. ¿Cómo se llamaba el helado de Wendy's que venía en un vaso y era una pasta de chocolate que compartían entre los dos? O pedían pizza en Pizza Hut, o caminaban por Recoleta eligiendo nombres para los hijos que pensaban tener. Eran recuerdos viejísimos, y de golpe te diste cuenta de que los noventa habían sido el prólogo de un futuro que nunca llegó. Del colegio de monjas a tomar un helado con Diego a las ocho de la noche, de ahí al primer porro, las fiestas, el ácido que la profesora tomó el día del amigo y que decía que no le había pegado pero se lo estaba diciendo al potus de la casa de los viejos del ninja. Después la primera pastilla, la mariposa blanca que apenas te subió te puso una sonrisa en la cara que era un poema a la felicidad. Darte cuenta de que la única manera de mantenerte en estado de fantasía era dándotela con todo. Eso era ser una drogona. No eras fiestera, porque las fiesteras salen a bailar, se acuestan con un par de chongos y al otro día vuelven a empezar. La profesora había estudiado un carrera, había leído a Cortázar en la adolescencia y después a Sara Gallardo, a Gombrowicz y a Andrés Caicedo, había visto cine clásico y se había enamorado de la Nouvelle Vague. Pero no te alcanzaba. Querías seguir creyendo que ibas a encontrarte con ET, que ET iba a aparecer en el fondo de un patio que no tenías y te iba a llevar a volar en la bicicleta. Por eso te drogabas: porque ahí estaba la fantasía que habías perdido.

Pasaste por el baldío de Palestina. Esta vez sí: te agachaste y miraste por el agujero en el paredón. Estaba lleno de plantas y sentiste olor a pis. Además te estabas ensuciando las rodillas. Gatos. Un gato que te miraba escondido entre las plantas. La miraba con odio, con ganas de saltar y clavarle las uñas en la cara. El gato con más cara de furia que habías visto. Quizás ni siquiera era un gato. El futuro te había deparado las peores sorpresas, como que en lugar de ET te esperara tu terapeuta. Si tenías hijos no los ibas a dejar ilusionarse. La fantasía en la infancia era el problema. Por lo menos uno de todos los problemas que la profesora descubría. Dentro de poco iba a terminar el año. Un año menos.

Diste la vuelta por Córdoba y te desviaste para pasar por la librería de Salguero. Fue como si te llamara una voz. Te quedaste paralizada: habías creído ver a Rabec tantas veces, que cuando descubriste que la rubia estaba del otro lado del vidrio, comprando en la librería, sentiste que el destino te estaba boludeando.

✳✳✳

La profesora la quería asesinar. Esperar a que la rubia saludara con su voz de pito al tipo de la librería y saliera, que llegara a la esquina de la avenida Córdoba, empujarla cuando estuvieran pasando los autos. No tenía que dejarse agarrar por la policía. Si Rabec se enteraba no se la iba a perdonar. Lo ibas a perder para siempre. Tenía que parecer un accidente: podías hacer como que estabas distraída y sin querer te llevabas por delante y tirabas contra los autos que pasaban a la novia del pibe que te había roto el corazón. Qué casualidad. Una casualidad con final trágico, una fatalidad, pensó la profesora, con todo lo que te gustaba esa palabra. La rubia estaba mirando unos libros. Llevársela por delante, tirarla contra los autos y salir corriendo. Era mucho más fácil si tomaba el subte: empujarla a las vías y que llegara el tren y la atropellara, *te acompaño el sentimiento*, le ibas a decir a Rabec, y como Rabec iba a estar destrozado lo ibas a consolar. No era la primera vez que la profesora se imaginaba cómo asesinar a alguien. Había tenido la misma idea en una discusión con Gonzalo: mirarlo y querer clavarle un cuchillo en medio de la frente, que se desangrara y le pidiera perdón por ser un idiota pero vos no, yo no perdono, y una patada en los huevos. También podía ponerle droga a la rubia. ¿Por qué había tirado la bolsa? Podía seguir a la rubia y meterle una bolsita en la cartera. Tenías que gritar que la rubia te había robado y cuando llegara la policía iban a encontrar la droga. Una punga falopera. ¿Quién quiere tener una novia así? Salvo que a Rabec le gustara. Te arrepentiste enseguida: la rubia era una mosquita muerta, si le ponías droga iba a quedar como una rebelde. El pelotudo de Rabec se podía enamorar. ¿Qué hacía la rubia comprando libros? Tenías que saber más de ella, conocer sus movimientos, acercarte. Preguntarle por Rabec, hablar lo suficiente como para que sospechara y entonces guiñarle un ojo. Ese era otro plan: decirle que habías estado con él. Tenías que ser muy natural, como si no supieras que Rabec era el novio de la rubia. Que a la rubia le diera asco Rabec. Que lo dejara por cogerse una vieja. ¿Y si Rabec encontraba a otra veterana? ¿Y si la otra podía vivir todo lo que la profesora no había vivido con él? Preferías que no cortara con la rubia, porque si Rabec cortaba podía conocer a otra, podía enamorarse o dejarla embarazada, o decidir ser fiel y entonces no lo ibas a ver nunca más. A la rubia –que hablaba con el vendedor y te podías imaginar la voz de pito y el pobre vendedor que la tenía que escuchar– ya le había sido infiel. Lo decían siempre con Natasha: nunca pierdas las esperanzas. Los hombres siempre vuelven. Se hacía tarde y en cualquier momento te iba a llamar tu terapeuta. No querías atender. Si la rubia estaba comprando libros no era tan estúpida como pensabas. Punto para Rabec. Eso te ponía en desventaja, porque competías con una pendeja que tenía algo en la cabeza. Todavía faltaba ver qué libro se llevaba. Uno de Bukowski, de Cortázar, de Aldous Huxley. Libros de iniciación que la profesora había leído a la misma edad. Por un momento tomaste conciencia de lo patética que eras. Competías con una pendeja que recién se estaba despertando. A la edad de la rubia no sabías nada, pero igual te sentías importante. Creías demasiado en tu juventud. Eso no había cambiado, porque por algo te obsesionabas con una pendeja que salía de la librería.

—¡Qué casualidad! —se escuchó decir la profesora.

A la rubia no le gustó verte. ¿Así que había comprado un libro? ¿Qué libro había comprado? La pendeja le mostró la tapa. Era lo que la profesora se imaginaba: Castaneda, *Las enseñanzas de Don Juan*, literatura para drogones principiantes. Cortázar, Huxley, Orwell, Castaneda, Bukowski, Pizarnik. Se los dijiste en ese orden. El panteón de los autores que todo drogón tiene que honrar antes de cumplir los 20. La rubia dijo que le encantaba Cortázar. Está bien, contestó la profesora, tiene buenos cuentos. ¿Leíste "No se culpe a nadie"? Por dentro estaba feliz. Un punto menos para Rabec. La rubia estaba en camino pero le faltaba. Todavía tenías esperanzas. Bueno, te dijo, nos vemos. Sonreíste. Le dabas dos vueltas y media a la rubia y lo único que pedías era que Rabec se diera cuenta. Pero no. El que se daba cuenta era tu terapeuta, que te llamó justo cuando la rubia se fue y te dejó sola en la vereda, puteando en voz baja. No querías atender. Estabas tocando fondo pero siempre podías hundirte un poco más. Decidiste que la ibas a seguir. Era patético, triste y vergonzante (cómo le gustó esa palabra, "vergonzante", y se le caía la cara de vergüenza por lo que iba a hacer), pero la profesora empezó a caminar detrás de la rubia.

Con el ninja usó la misma palabra cuando se lo contó. Era vergonzante ponerse a la altura de unos pendejos que no tenían ni 20 años, se daba cuenta, pero no lo podía evitar. Habías seguido a la rubia y aunque todo el tiempo pensabas que ya era suficiente, que tenías que ir a cenar con tu terapeuta, llamar a Gonzalo o hacer algo con tus 30 años, a pesar de todo seguías caminando detrás de ella. La pendeja iba rápido y cruzaba sin esperar el semáforo, y a las dos cuadras se metió en un McDonald's y la profesora la esperó afuera, escondida detrás de un kiosco de diarios. Si hubiera tenido una de esas escopetas con mira, con balas de goma, algo que no llegara a matarla pero la desfigurara... ¡Nena!, dijo el ninja y le pasó el porro, me parece que te estás yendo al carajo. La profesora ya lo sabía. Esperá que falta más, dijiste, y prendiste el porro porque se había apagado. Le dio una pitada, aspiró, miró la luz del techo mientras tragaba el humo. Largó el humo, lo vio arremolinarse contra la luz del techo. El olor del McDonald's, te juro, me daba náuseas, siguió la profesora, y la veo a la rubia saliendo con un cono de helado, la pelotuda esa, mirando el celular todo el tiempo, la calle y el celular, como si estuviera esperando a alguien. Tenías miedo de que Rabec llegara y te encontrara escondida detrás de un kiosco, al lado de la revista *Gente*: Hola, sí, soy la pelotuda que se enamoró de vos, le ibas a decir, y pensaste que lo mejor era irse y dejar que Rabec y la rubia siguieran con su vida. No lo podías hacer por muchas razones, pero la principal era la más estúpida: hacía tanto tiempo que no lo veías que tenías miedo de olvidarte cómo era. Solo por eso te habías quedado. Lo juro, dijo la profesora y le dio una seca más al porro. Se te ocurrió que Rabec te había visto y se había escondido, y que estabas quedando como una boluda mientras la rubia seguía en la puerta del McDonald's y se reía de algo que veía en su celular. Odiaste no tener lentes de sol. Usabas lentes cuando ibas a bailar y jamás los llevabas encima cuando de verdad los necesitabas. Los lentes de sol te tapan los ojos, pensás que sos otra persona, dijiste y le devolviste el porro al ninja pero el ninja se levantó del sillón, fue a la cocina, volvió con un pote grande de Nutella. Te preguntó si querías un poco.

—No —dijiste—. Me estoy cuidando.

En la cuadra de enfrente había una farmacia y la profesora estuvo a punto de cruzar para comprarse unos de esos descartables. Por lo menos con lentes se hubiera sentido menos expuesta y podía esperar a Rabec y bancarse que besara a la rubia, que fuera el final, arrastrarte como un gusano frente a la parejita feliz de adolescentes y salir corriendo, y atender a tu terapeuta que te seguía llamando cada dos minutos. El ninja preguntó cuántas veces te había llamado. Miraba concentrado la cucharada de Nutella que estaba a punto de llevarse a la boca. Doce llamadas en ese rato desde que la rubia salió de la librería, contestó la profesora. Y también los mensajes: que estoy preocupado, si te pasó algo, decime cómo estás y todo el repertorio de los manipuladores como él. La profesora se había agachado detrás del kiosco porque la rubia saludaba a alguien que estaba viniendo. El corazón en la boca, te juro, dijiste, y cuando pensé que Rabec podía estar en esa misma cuadra volvieron las mariposas en la panza y me di cuenta de que estaba atrapada. El ninja entendía perfectamente. Le estaba pasando lo mismo con He-Man. Se había pasado toda la semana llorando por él, porque si encontrar el amor ya es difícil para un hétero, para un puto es peor y si encima tenés HIV ya son demasiadas en contra, ¿entendés? La profesora se quedó callada. El ninja se había bajado medio frasco de Nutella en dos minutos. Seguí contando, dijo. Seguiste contando: la rubia abrió los brazos y apareció otro pibe. No era Rabec. Estaba con otro. Los habías visto besarse y se habían quedado quietos hablándose de cerca, un monumento a esos amores de la adolescencia en los que una se podía quedar horas mirándole la boca a tu chico y él a vos y no podías creerlo. El ninja sonrió con la boca pintada de chocolate con crema de avellanas. Ni me estás escuchando, dijo la profesora, pero te juro que yo temblaba de nervios. Lo primero que habías pensado fue en sacarle una foto, mostrársela a Rabec, que se diera cuenta de que era un cornudo o quizás (eso lo pensaste después y sentiste que tenías una esperanza), habían cortado y entonces Rabec estaba solo. Le ibas a mandar un mensaje, algo tranquilo, como si no te importara demasiado, un *¿cómo estás?* que no lo asustara, que al mismo tiempo significara si estaba bien, si se sentía solo, si lo podías ayudar a aguantar el dolor porque la rubia puta lo había dejado por otro pibe que encima a Rabec no le llegaba ni a los tobillos.

Antes de salir le pediste al ninja las gotitas para los ojos. Te miraste en el espejo: no parecías estar tan fumada. Volviste pensando que quizás todavía tenías una oportunidad. Abriste la puerta de la casa de tus viejos con el celular en la mano. Después de la cena, mientras mamá lavara los platos, en ese momento la profesora iba a mandar el mensaje. ¿Cómo estás?, y esperar que Rabec contestara. Esa era la peor parte.

Pero te diste cuenta de que había pasado algo.

—¿Mamá? —preguntó la profesora.

Tu mamá lloraba en la cocina. La profesora nunca la había visto así.

—¿Qué pasa? —preguntaste.

Recién en ese momento te diste cuenta de que no se escuchaban los gemidos de ninguna porno.

Beta

Habías imaginado cómo iba a ser estar en el cementerio con tu papá adentro de un cajón. Sabías que esa historia ya estaba escrita, que el tiempo termina todas las películas de la misma forma. Lo que te sorprendía era que lo habías imaginado excepto por una cosa: que vos, el ninja, Gonzalo, Lorena, tu terapeuta y tu mamá eran los deudos, los "seres queridos", y entre esos seres queridos estaban tus dos ex. Ninguno de los dos sabía quién era el otro. Nunca habías sido tan creativa como para imaginarte algo así.

Los seres queridos de tu papá bajaron de los autos. El cura estaba bendiciendo a otro muerto, así que tuvieron que esperar en la puerta de la capilla. El próximo era papá y después venía una familia llena de hijos. A la profesora le pareció cruel que llevaran a nenes al cementerio. Los empleados de la funeraria abrieron la puerta de atrás del coche. Leíste el nombre de tu papá en la ventanilla. Abajo decía Q.E.P.D., como en las películas, aunque en las películas era R.I.P. ¿Cuántas veces habías leído el nombre de alguien que iba en el coche fúnebre y te habías imaginado que estaba el nombre de tu papá? Con los últimos muertos de la familia, cuando la profesora se empezaba a dar cuenta de que en cualquier momento le iba a tocar. El cura había terminado con el otro difunto, los empleados de la funeraria sacaron el cajón del coche y pidieron seis caballeros. El ninja fue el primero en ofrecerse. Se sumó tu terapeuta, Gonzalo y un primo que hacía diez años que no veías. Hacía frío. La profesora no sabía o no se acordaba quiénes eran los otros caballeros que levantaron el cajón de tu papá. Tenías la misma sensación que cuando te conectabas y veías online a tus amigos de distintas épocas y a tus amigos virtuales: los tíos que solamente te encontrabas en los entierros, las canas del primo que no habías visto en diez años, lo inverosímil que resultaba que Gonzalo y tu terapeuta te hubieran visto desnuda, que te hubieran visto llorar, que estuvieran preocupados por vos sin saber quién era el otro. Ese entierro era el museo de tu vida y la única pieza que faltaba seguía siendo Rabec.

Los seis caballeros dejaron el cajón en el medio de la capilla. El cura empezó a hablar, pero uno de los nenes de la familia que esperaba afuera gritaba si podían ir a los jueguitos, y como la madre no le contestaba lo repetía más fuerte. El cura le pidió a Nuestro Señor que lo tuviera a papá en su gloria en la espera del Juicio Final y el nene siguió preguntando ¿vamos a los jueguitos? Vos podrías haber sido ese nene. Cuando eras chica creías, pero de grande la profesora le había reprochado a mamá que la hubiera mandado a un colegio católico. Mamá había contestado que habían elegido a un colegio donde le enseñaran a ser feliz. Miraste alrededor: todos llorando. Lorena al lado de tu terapeuta, el ninja apretándose las manos, tu mamá que te abrazó. El cajón en el medio de todos ustedes.

Gonzalo se puso al lado tuyo. Tu terapeuta los miró de

reojo y el cura empezó a rezar el padrenuestro. La profesora se acordaba la oración, pero prefirió pensar en papá cuando tomaba mate en la mesa de la cocina y la profesora se levantaba y él le preguntaba cómo dormiste, dormilona, lo único parecido a un chiste que hacía, porque tu papá era un hombre de pocas palabras y desde que te habías desarrollado tenía vergüenza de hablar con su hija. Nunca le habías preguntado por qué. ¿Por qué nunca hablaban? ¿Por qué cuando eras chica eras la luz de sus ojos y de grande no podían hablar más que para saludarse? El cura hizo la señal de la cruz y bendijo a tu papá. Te diste cuenta de que ese iba a ser el último recuerdo que ibas a tener de él, el que cerraba el ciclo que había empezado cuando te levantabas los domingos a la mañana y papá miraba una carrera de Reutemann, y la profesora se metía en la cama con él y con mamá, los tres tapados debajo de la colcha.

El cura dio la última bendición. Se había terminado todo. Los empleados de la funeraria pidieron que los seis caballeros levantaran el cajón. Ni siquiera tenías fuerzas para preguntar por qué las mujeres no podían ayudar. En cambio abrazaste a tu mamá y caminaron detrás del cajón. Gonzalo era uno de los caballeros. Tu mamá te apretó el brazo.

Dejaron el cajón al lado de la fosa. Ya sabías lo que venía: que le pusieran sogas al cajón, que lo bajaran los sepultureros, que *los seres queridos que quieran despedirse lo hagan ahora.* Las mismas fórmulas de siempre.

Te acercaste a la fosa, te agachaste. La profesora levantó un puñado de tierra y lo tiró sobre el cajón. Mamá hizo lo mismo. Gonzalo te dio un beso y se quedó al lado tuyo mientras enterraban a tu papá.

Recién en ese momento te diste cuenta de que yo estaba ahí. Que yo había reaparecido en tu vida.

***

Natasha le confesó que había dudado si tenía que ir o no. Que si se guiaba por los últimos años no tenía por qué, pero se había dado cuenta de que la muerte estaba por encima de cualquiera de las pelotudeces que una hace en la vida. Se lo dijo mientras volvían por el medio del cementerio, pisando las piedritas del camino. Lo importante era que quería acompañarte, dijo Natasha. Estabas sensible y me contestaste que sentías que estando alejadas te faltaba una parte de tu historia. Te dije que a mí me había pasado igual cuando murió mi papá: sentir que por primera vez tenía que reconstruir mi biografía.

Natasha se agachó para agarrar una piedrita. Te di la piedrita y te hice algunos chistes con Rosebud, con Orson Welles y con *El ciudadano Kane*, y con un capítulo de *Los Simpson* donde el señor Burns extraña a su osito Bobo. Pensaste cuánto habías extrañado escucharme contar un capítulo de *Los Simpson*. ¿En qué andás?, preguntó la profesora, ¿te casaste? Natasha puso cara de asco: ni loca, dijo, soy sola y trabajo de camarera en un bar de Palermo. Siempre fuiste tan cool, dijiste. Te reíste y nos abrazamos, y me preguntaste por qué había desaparecido así, por qué habíamos estado separadas tanto tiempo, por un chongo, qué boludez.

La profesora pasó los siguientes días adentro de la casa.

Lo más raro era no escuchar los gemidos. Ahora sonaban el motor de la heladera, la canilla del baño, las pantuflas de mamá contra el parquet. Los sonidos que antes tapaban las películas porno. Tu terapeuta te llamó dos veces. Le mandaste un mensaje diciéndole que estaba todo bien. También te llegó un mensaje del flaco que te habías levantado en la catedral. No respondiste. A Gonzalo sí. Estuvieron dos horas escribiéndose y te dijo que quería volver. La profesora le puso que necesitaba tiempo, que todo había pasado muy rápido y no podías tomar una decisión. *quiero elegir estar con vos*, escribiste, *que no haya dudas nunca más, que no tenga que lamentar si algo pudo ser o no. no quiero sufrir más por amor ni tampoco quiero enojarme ni ponerme celosa, quiero que todo sea como siempre.* Pero eso es rutinario, contestó Gonzalo. *es rutinario, pero la rutina no es mala, cuando hay una rutina no hay cambios, cuando no hay cambios no hay dolor, vos me das paz*, escribiste, *pero no sé si es lo que quiero.* Gonzalo puso una carita triste.

Tu mamá y vos se hicieron una rutina esos días: después de cenar se quedaban tomando un té de tilo en la cocina. El primer día te habló del entierro, de lo avejentado que estaba tu terapeuta y por qué la había llevado a Lorena al cementerio. Debe ser una locura de psicólogo, dijo tu mamá, y te sorprendiste porque nunca había dicho eso de tu terapeuta. Quizás sin papá empezaba a transformarse en otra mujer, así como la profesora había sido mujeres distintas con cada uno de sus hombres. Te diste cuenta de que no habías llegado a ser ninguna mujer con Rabec. La segunda noche habló de tu papá y dijo que extrañaba escucharlo mirar la televisión. No nombró las películas. Me acuerdo cuando eras chica, dijo tu mamá, y te contó que te gustaba mirar televisión con ellos, metida entre los dos, y la profesora sonrió y le dijo que se acordaba de las carreras de Reutemann los domingos a la mañana. Te gustó que te contara eso. Hubieras querido explicarle que estabas tratando de reconstruir tus recuerdos, pero te dio vergüenza. Mamá también estaba avergonzada por algo. No entendiste a qué se refería. Contestó así: Estoy avergonzada pero no te puedo contar.

Eran tus últimas novedades y me las contabas todo el tiempo. Compulsivamente. Me viste conectada y me dijiste que estabas re feliz en serio de tenerme de amiga otra vez, y después me contaste que Gonzalo te había llamado para que se encontraran. No opiné. Aunque me habías hablado de él no me sentía con autoridad para aconsejarte. El trato era que te ayudara a recordar. Nada más. El ninja se sumó al chat: él conocía bien la historia y te aconsejó que volvieras con Gonzalo. Natasha lo pensó mejor: *te voy a dar un consejo, okey*, escribió Natasha. Te aconsejé que si estabas insegura era mejor que esperaras. Todavía era muy pronto. Además habías dicho que tu terapeuta te estaba escribiendo. Tenías que relajar antes de tomar una decisión. La profesora les agradeció a los dos, les puso corazones y unas caritas que sonreían. De verdad estaba contenta. Le apareció un mensaje del ninja: *qué lindo ser amigos otra vez*. A la profesora le sorprendió la coincidencia y le escribió que estaba pensando lo mismo. *no me digan que todavía se siguen juntando para fumar!!!!*, puso Natasha. Al rato estaban los tres en el departamento del ninja.

No te habías dado cuenta de lo mucho que extrañabas mi risa hasta que la escuchaste. Me mirabas y sonreías.

Fumaban unas flores que Natasha había traído de Holanda. La profesora hablaba todo el tiempo. Tenías que hablar porque necesitabas entender lo que te estaba pasando, con tu viejo, con tus hombres y con vos misma. Y la profesora no estaba segura de poder con todo. Te decepcionaba que Gonzalo y tu terapeuta hubieran usado la misma excusa para hablarte: que querían saber si te podían acompañar en momentos tan difíciles. El ninja dijo que no era la misma excusa, porque para Gonzalo significaba una cosa y para tu terapeuta era otra. Usaban las mismas palabras, pero el contenido era diferente. Natasha estaba de acuerdo. Te habías olvidado que siempre pasaba eso: fumaban y el ninja decía alguna de sus teorías ridículas, Natasha lo apoyaba y entonces a la profesora también le parecía lógico, y mucho más ahora, que me habías recuperado, porque conmigo también habías perdido una manera de entender el mundo. Sí, guacha me gritaste, porque vos desapareciste. Nos quedamos mudos los tres. Un silencio incómodo que nunca antes habíamos vivido. ¿Querés saber por qué desaparecí?, preguntó Natasha. El ninja se puso rígido: ya está, nena, no tiene importancia. La profesora le dijo que habían sido unos boludos en arruinarse la amistad por culpa de un chongo. Encima ahora está horrible, dijo el ninja, hace poco fuimos a la catedral y lo vimos. Natasha no lo podía creer: ¿cómo que fueron a la catedral? La profesora le dijo que no se hiciera ilusiones. Había sido una mierda. Igual, dijo Natasha, lo de He-Man no tuvo nada que ver, no desaparecí por eso. A Natasha le daba vergüenza todavía ahora. Esperá, dijo, antes vamos a drogarnos como se debe. Sacó un sobre de la cartera, md, dijo, ¿quieren un poquito? El ninja y la profesora se quedaron mirando. Al md lo habían probado alguna vez, unos cristales que tenían un efecto parecido al éxtasis pero con menos anfetamina y con más alucinaciones. ¿Y pasti?, preguntó el ninja, ¿conseguís pasti? El éxtasis ya fue, dijo Natasha, ahora la onda es el md, y le pasó el sobrecito a la profesora. Te mojaste el dedo con la lengua y lo hundiste en los cristales. La profesora se chupó el dedo con gusto salado y después un trago de cerveza. No más alcohol porque pega mal, ¿no es cierto?, preguntaste y estabas tan contenta que las dos nos empezamos a reír.

Pusimos *Tubular Bells* de Mike Oldfield. ¿Cuántas veces habíamos escuchado ese disco para acompañar un viaje? Lo sabíamos de memoria pero igual te asustaste en la parte de la voz como diablo, y saltaste en el sillón y dijiste que el md te estaba empezando a pegar, un poco, apenitas, nada que ver con lo que sentías antes. El ninja tenía los ojos cerrados. La profesora le preguntó qué onda pero el ninja ni siquiera se dio cuenta de que le estabas hablando. Natasha apagó las luces. El md no es como el éxtasis, dijo, va mejor con una música que no sea electrónica. La profesora estaba de acuerdo. Se mojó el dedo otra vez y tomó otro poco. No hay caso, dijiste, no me pega. A Natasha tampoco le estaba haciendo efecto. Tendríamos que cambiar de música. La profesora pidió Café del Mar, otro clásico. Ni en pedo, dijo Natasha. Pongamos Nicolas Jaar, o Superpitcher, o Maceo. Berger Muzik, ¿conocés?, preguntó Natasha y no, no conocías a ninguno de ésos. Estás vieja, te dije, te quedaste en el 2005. El ninja balbuceó como podía: Vieja chota, y te señalaba. La profesora puso cara de culo. ¿Te acordás de la noche que el ninja se besó con He-Man, cuando entramos al baño juntas?, preguntó Natasha, en voz baja. ¿La noche del ninja con He-Man? Sí, dijo Natasha, esa noche. Lloraste. Llorabas seguido. La profesora estaba enamorada del chorrito de pis de Natasha, se habían abrazado y en un momento te empezaron a caer las lágrimas, y metiste la mano en el chorro de pis y yo buscando el equilibrio para no tocar la tabla y agarrándome de vos, agarrándome en el sentido literal y también en el metafórico, porque sentía que eras todo para mí, que esa noche, en ese momento, eras la única persona en el mundo que podía salvarme y que íbamos a vivir para siempre juntas, para siempre metidas una adentro de la otra, como mujer y mujer, ¿entendés? y mientras yo me desarmaba sin poder creer que te amara tanto, vos me decías al oído que mi pis era lo más hermoso que habías tocado. Vos no te diste cuenta de nada porque estabas demasiado loca.

La profesora se quedó con la boca abierta. Natasha se puso a armar otro porro. ¿Y?, dijo, ¿pega el md o no? Qué sucia sos, nena, dijo el ninja abriendo los ojos de repente, ¿así que desapareciste porque te enamoraste de tu mejor amiga?, ¿vos sos boluda? El ninja se empezó a reír. Era el único que se reía. A mí no me vengan con el velorio, siguió, acá la del velorio es tu amiga. No había caso, no les estaba pegando. Ni siquiera al ninja. Ese rato nada más. Tarde o temprano las drogas te sueltan la mano. Siempre lo habían sabido, pero no lo querían creer. Cambiaron la música. Ahora sí: minimal house, dijo Natasha. Tomaron un poco más de md. Natasha le preguntó a la profesora cómo estaba. Más o menos, dijiste. Lo de tu papá había llegado en tu peor momento. Me contaste cómo había empezado tu historia con Rabec: que llegaste al parcial de Rabec y sentiste la pelotudez de las mariposas en la panza, que hacía una hora que estabas con la pila de exámenes parciales en la mesa de luz, esperando que Gonzalo se quedara dormido para empezar a corregir. Me dijiste que habías esperado que llegara su turno. Que un mensaje escondido en el parcial de Rabec apareciera si tenía que aparecer. Mientras lo contabas lo terminabas de entender, y también que se había muerto tu papá y que Rabec no te quería ver más. El ninja cambió de música otra vez. Puso *In rainbows* porque era el disco que no habíamos llegado a escuchar juntos. Se habían distanciado de Natasha justo antes de la salida de *In rainbows*, Radiohead había venido a la Argentina, ninguno de los tres había ido y se querían matar. Escuchaban "Nude", el solo de voz de Thom Yorke. Esa "u" final que no termina nunca y te sube a una montaña rusa, dijo Natasha. Seguiste contando: Gonzalo y tu terapeuta te escribían y querían verte, pero vos lo único que querías era que te escribiera Rabec. Eras una tonta, ya sabías, pero no lo podías evitar. El ninja dijo que no, que era normal. A él le estaba pasando lo mismo con He-Man. Natasha se empezó a reír. No podía creer la fantasía que se habían hecho con ella y con He-Man. Por eso también me alejé de ustedes, dijo, están muy locos los dos. Al ninja el comentario no le gustó. La profesora dijo que tenía razón, que no eran normales. Dijiste eso y cuando empezaba "Weird fishes" y la voz de Thom Yorke nos hizo flashear a los tres, *why should I stay here? why should I stay?*, te paraste y dejaste constancia de que en ese sencillo acto eliminabas a Rabec de tu celular. Lo borrás de tu cabeza cuando lo borrás de tu celular. Era lo último que la profesora aprendía de la historia que nunca habías vivido con Rabec: que para no sufrir tenía que matar al avatar de Rabec. Al Rabec online no lo iba a tener nunca más. Al otro, que sea lo que Dios quiera, dijiste y apretaste eliminar. Natasha la miraba: sos la misma de siempre, y le devolvió el porro al ninja. La misma no, me contestaste, había terminado una etapa y había terminado con un final a lo *8 y 1/2*, con todos los personajes de la película dando vueltas alrededor de una orquesta de Nino Rota. Que era la música del programa de Susana Giménez, dijo el ninja. Sí, dijeron Natasha y la profesora, al mismo tiempo, y la empezaron a tararear.

La profesora volvió caminando rápido a la casa de mamá. Las flores de Holanda le habían pegado. Del md no había tenido noticias. O quizás sí, quizás le conversación con Natasha había sido por el md: que no le diera tanta vergüenza, ni tanta culpa, ni tuviera muchas más preguntas que hacer. Cuando abriste la puerta encontraste a tu mamá sola en la cocina, a las doce de la noche, haciendo milanesas. Escuchar el puño de mamá aplastando milanesas le hizo un nudo en la garganta. Te tengo que contar algo, dijo tu mamá. Recién ahí recordaste que ayer te había dicho que estaba avergonzada. ¿Qué pasa?, preguntó la profesora. Mamá ponía las milanesas en una bolsa para el freezer mientras decía que no era algo que la hiciera sentir orgullosa, pero que a veces una no puede hacer las cosas de otra manera. No entendiste a qué se refería. Mamá dijo que una tiene que tener un hombre para toda la vida, un hombre de tu vida y un primer hombre. No entiendo, dijiste. Mamá miró el piso: que el hombre de mi vida no es tu papá, nena. Le preguntaste quién había sido. Mi primer hombre me lo reservo, contestó mamá, el hombre para toda la vida fue tu padre y el hombre de mi vida es un novio que tengo desde hace un tiempo. Habías escuchado que tu mamá decía "un novio que tengo desde hace un tiempo", pero no te entraba en la cabeza. Te contó que era un señor mayor pero muy bien conservado porque hacía yoga. Hace yoga, repitió la profesora, y se dio cuenta de que estaba enojada con mamá. Le preguntaste si todos esos viernes que te quedabas cuidando a tu papá ella salía con su novio. Te dijo que sí, que la perdonaras pero que no te podía contar antes por respeto a tu padre. Con Alfredo siempre hablamos eso, dijo tu mamá, que teníamos que respetar nuestras familias. El nombre no te significó nada, pero escuchar que había un nombre y no era el de tu papá te hizo sentir tan sola que ya no estabas enojada. Era la nada otra vez. Llena de amigos virtuales, llena de chongos y sin embargo más sola que nunca. Te tendrías que haber muerto a los 27 años, cuando el mundo era una cosa que podías tocar. Eso sí se lo dijiste a tu mamá: que si ella tenía un amante no podías creer en el amor. ¿Por qué no?, contestó tu mamá, Alfredo siempre dice que el amor es demasiado grande y abstracto para obligarlo a entrar en una sola persona.

***

Se lo escribió a Natasha y al ninja, que también estaba conectado: que todo cerraba como en una novela. Te respondí que era normal, porque estabas reconstruyéndote con recuerdos y los recuerdos se asocian para darle sentido a algo que en realidad no lo tiene. *nunca voy a escribir*, pusiste, *escribís tu vida*, contestó Natasha, *no te das cuenta, pero es así*. La profesora extrañaba esas conversaciones con Natasha. pobre ninja, escribió, *no quiero que se ponga celoso. me pongo celoso*, puso el ninja, y una carita enojada. Natasha los invitó a que el viernes fueran a una lectura de poesía. Yo iba a leer mis poemas y vos me ibas a escuchar. A la profesora le pareció bien. El ninja puso *jaja*.

Cuando volviste a la cocina te encontraste con Alfredo. Te costó no seguir pensado en él como el meditante del amor. Mirá qué casualidad, dijo apenas te vio. Le sonreíste. Él mismo le explicó a tu mamá: nos conocimos en un cumpleaños, ¡qué me iba a imaginar que era tu hija! Tu mamá tampoco lo podía creer, Alfredo era su profesor de yoga. Te acordaste de que Gonzalo te había dicho que lo conocía por una nota que le habían hecho para la revista. Lo que faltaba: que Gonzalo supiera que tu mamá salía con el profesor de yoga y no te hubiera dicho nada. El mundo es un pañuelo, dijo tu mamá. Esto es una señal de tu padre, dijo el meditante del amor, pero aclaró que era una señal buena. No te dieron ganas de reprochar nada. Ni a Gonzalo ni a tu mamá. ¿Qué autoridad tenías para reprochar? Igual te parecía raro. Que hubieras conocido al amante de tu mamá en un cumpleaños al que habías ido con Gonzalo, que en ese cumpleaños el meditante del amor te hablara, que llegara a tu casa porque, según él, lo había mandado tu papá. Y vos sin tu papá, que era lo más raro de todo.

Alfredo se quedaba a cenar. La profesora se encerró en la habitación y revisó el celular: nada. Te quedaste dormida. Cuando la comida estaba lista saliste de la habitación. Alfredo ya estaba sentado y mamá servía los ravioles. Trataste de ponerle buena onda a la situación, pero tu mamá estaba nerviosa. Tu mamá se sirvió tres ravioles y comió uno. Dejó los otros dos a un costado del plato. Le pediste que por favor comiera más. Alfredo dijo que de a poco se iba poner bien, *tu mamá se tiene que reacomodar*. Era cierto. Tenía que ser así. Tu mamá había cambiado, tu papá había cambiado, la casa ya no era la misma. Todos tenían que reacomodarse.

Después de comer se quedaron los tres charlando. Mamá contó que cuando eras chiquita tenías dos novios. Te dio pena. Otra señal de que habías cambiado: todos los recuerdos de tu infancia empezaban a darte pena. En un momento se quedaron los tres callados. Mamá empezó a levantar la mesa y el meditante del amor se ofreció a secar los platos. La profesora dijo que se iba a dormir. Esperá, dijo mamá: Alfredo se va a quedar porque yo necesito estar acompañada, con tu papá yo estaba muy sola. A la profesora le daba vuelta la existencia pero dijo que le parecía bien, no tenía nada que explicarle. Tu mamá te agradeció mucho. Podés quedarte el tiempo que necesites, dijo, no te estoy echando. Le prometiste que mañana mismo ibas a averiguar para alquilar un departamento. Necesitabas pedir más cursos en la UNI para bancarte. Mamá te agradeció. Les diste las buenas noches a los dos y te fuiste a dormir. Estabas frente a una de esas decisiones importantes. ¿Cuándo había sido la última? Elegir una carrera universitaria. La diferencia era que en el momento parecía una boludez. No tenías suficiente experiencia como para darte cuenta de que estabas tomando una decisión importante. Ahora sí. De la decisión que tomaras dependía todo. Miraste el celular. Había un mensaje de tu terapeuta. Hubieras preferido que fuera Gonzalo. ¿Qué estaría haciendo Gonzalo? Ya no sabías nada de él. Si de verdad no podía vivir sin vos, entonces lo hubieras tenido en la puerta de tu casa, llorando y con un ramo de flores, pidiéndote por favor que volvieras. Te diste cuenta de lo sola que estabas. No sabías nada de ninguno de tus chongos. Lo único seguro era que Tiësto había quedado muy lejos, los brazos levantados, el adagio y Natasha y vos saltando. Natasha repitiendo que la música decía *Debes que me debes*, y cuando empezaban unos arranques como de moto espacial parecía algo que ninguno terminaba de entender pero que era *te lo voy a contar* o *te la voy a cortar*, no estaban seguros, repetido mil veces, casi tantas como las 17 millones de reproducciones que tenía el video del adagio de Tiësto en YouTube, tan pocos años después y sin embargo parecía una eternidad. Hiciste lo que siempre hacía la rubia con voz de pito. La pendeja esa: miraste un video en el celular. Miraste ese video y lloraste.

Era el momento de tomar decisiones. Esto no era un libro de *Elige tu propia aventura*, pero la profesora se sentía como al final de un capítulo, cuando aparecían las preguntas y tenía que decidir a qué página pasar. Con el libro era fácil: si tomaba la decisión equivocada, volvía atrás y elegía otra. Ya no podías hacer lo mismo. Era la vida real y la decisión que tomaras iba a cambiar el resto de las cosas. Tampoco podías cerrar el libro. La primera resolución fue que tu terapeuta ya no era una alternativa. Ese era el próximo paso: dejarte de joder con tu terapeuta. No le ibas a contestar el mensaje. Ibas a esperar al próximo y le ibas a escribir que estabas bien, cortante, porque si no le respondías era peor. Estoy bien, gracias. Nada más. Fuera de tu vida.

Las opciones concretas eran dos: si volvía con Gonzalo

iba a aprender que el amor es eso: elegir a una persona en la cual confiar. Un lugar común, pero a la larga se terminaba dando cuenta de que los lugares comunes dicen la verdad. Enamorarse de un pendejo no era un lugar común. Era raro, pero pasaba. Dos opciones: una de telenovela mexicana y otra de putita intelectual. O la calma de vivir al lado de alguien o "que sea lo que dios quiera".

Golpearon la puerta. El meditante del amor te preguntó si estabas bien. Le dijiste que sí. Qué casualidad, dijo, mirá cómo nos venimos a reencontrar. La profesora no tenía ganas de hablar, pero Alfredo entró y se sentó en la cama. ¿Estás bien?, volvió a preguntar. Te dijo que tenías un corazón muy grande y que tu obligación era convertir todo tu dolor en amor puro. Le puso los dedos encima de la rodilla y te miró fijo a los ojos: vos sos una mujer, dijo el meditante del amor, yo soy un hombre. A la profesora el corazón le latía fuerte, ¿qué ibas a hacer?, ¿salir corriendo?, ¿gritar?, ¿arruinarle a mamá la única contención que le quedaba? Alfredo le tocó la frente. Acá, dijo, en tu tercer ojo, está la respuesta. Le agarró la mano. Vos tenés que comprender que esto es un aprendizaje, dijo el meditante, aprender significa caer y levantarte con una cicatriz nueva. Te pidió que cerraras los ojos. Mirá adentro tuyo y tomá la decisión correcta: ¿vas a vivir los años que te faltan desesperándote porque el tiempo corre más rápido que vos o vas a dejarte llevar por la marea? No tenía sentido luchar contra lo inevitable: ni la vejez, ni la muerte, ni un amor que no te corresponde, dijo, en realidad nada tiene sentido, lo único que verdaderamente vale la pena es sentirte bien, hacer lo que te gusta, construir tu felicidad todos los días, porque es un castillo de arena, no trates de parar las olas, porque mientras estés en eso no vas a tener tiempo para construir tu castillo. Sí, dijiste, pero a la larga el castillo se rompe del todo. El meditante del amor te pidió que abrieras los ojos: mirame fijo, ¿ves?, el castillo nunca se rompe, porque nos pasamos la posta, la felicidad no es una búsqueda individual, es un esfuerzo colectivo, la gran obra de la Humanidad, me muero yo y quedás vos para ser feliz, y tus hijos, y los hijos de los demás, es como la mariposa, dijo el meditante, se muere al otro día de dejar de ser gusano, pero cada mariposa le da forma a la belleza, que nunca deja de existir. No podías creer que hubiera usado a las mariposas para decir eso. Tampoco podías creer que estabas escuchando toda esa basura de la autoayuda y que de verdad te aliviara. Nosotros nos morimos, siguió, pero mientras vivimos le damos existencia eterna a la felicidad, a la belleza, al amor, al odio, a la soledad, a la alegría, a la melancolía... A la esencia de la Humanidad, dijo el meditante, pausado y seguro como si lo estuviera leyendo. Alfredo le dio un beso en la mano. Te dio asco. Haceme caso, dijo, y te dejó sola. Escuchaste que entraba en el mismo baño al que cuando eras chica iba tu papá. Nunca supiste si fue una decisión tuya, si fue un acto reflejo o si tomaste las palabras del meditante como verdaderas, pero te pusiste a leer los mensajes de Gonzalo que tenías guardados en el celular.

***

El primer día de clases de un año sin Rabec, la profesora se tuvo que tomar un clonazepam. Hasta que entraste de nuevo al edificio habías pensado que lo que te dolía era que todo había cambiado, pero te dabas cuenta de que lo que seguía igual que antes también te hacía doler. Habías hablado con Rabec en ese mismo pasillo, en la escalera del fondo, en el ascensor en el que habían bajado juntos después de la segunda clase y Rabec te había preguntado cuántos años tenías y vos le habías dicho la verdad. La pregunta del millón, había dicho Rabec, ¿cuántos años tiene la profesora? Pasó por el aula donde había conocido a Rabec, después por el patio y cuando te acordaste de que quizás la rubia estaba dando vueltas por ahí te metiste en la sala de profesores. La profesora imprimió el listado de alumnos, buscó la "R". Nada. Se sirvió un café de la máquina y llamó el ascensor para ir al cuarto piso. Miraste la hora: se te hacía tarde y el ascensor no llegaba. Ibas a subir por las escaleras. ¿Para qué quería más de Rabec? Ya está. Había pasado. Si sentía las mariposas en la panza estaba bien. No querías contribuir a la eternidad del amor. El amor era una guerra de egos. Preferías construir paz, y la paz se construye haciendo el amor. Lo repitió en voz alta y le dio vergüenza. Del colegio de monjas a las drogas y de las drogas a hacerle caso a un viejo verde que se hace el gurú. El amor te había pegado demasiado mal demasiadas veces. Era el momento de dar un paso al costado. Se sintió una boluda, el ninja se estaría cagando de risa. Abrió la puerta del aula. Los alumnos la esperaban con cara de asustados. Eran nenes. ¿Te dabas cuenta de que eran nenes? Escribió su nombre en el pizarrón. Un pendejo le había cagado la vida. Miró a los varones del curso. Tuvo ganas de matarlos a todos al mismo tiempo, con un tiro en la frente, a ellos y a todas las pendejas que seguían naciendo para ocupar los espacios que habían sido tuyos.

Esa tarde se juntaron los tres a fumar antes de la lectura de Natasha. La profesora les contó lo mal que la había pasado. Natasha le dijo que no se preocupara más, que de a poco se iba a olvidar. El tiempo lo destruye todo, dije, incluidas las heridas. Igual no es todo lo que me preocupa, dijo la profesora. También estaba el problema de la casa, porque no quería seguir viviendo con mamá y el meditante del orto y tenía que encontrar algún lugar. No hay ningún problema, dijo el ninja, te venís a vivir conmigo. Te encantó la idea, por lo menos hasta que resolvieras qué ibas a hacer. Natasha dijo que no perdieran más tiempo, que fueran a buscar la ropa a lo de mamá. El ninja no pensaba levantarse del sillón ni aunque le prometieran a Leonardo Di Caprio. Natasha la agarró a la profesora del brazo y la llevó a buscar la ropa.

Cuando volvimos con el bolso el ninja estaba roncando. Fumamos una nosotras dos solas, hablando bajito. Natasha estaba nerviosa porque tenía que leer sus poemas. La profesora se sentía un poco incómoda. No se animaba a decirlo, pero tenía miedo de que Natasha siguiera enamorada.

Despertaron al ninja cuando fue la hora de salir.

—Soñé que el mundo era travesti —dijo el ninja.

Te reíste. No porque fuera gracioso, sino porque sentiste que todo volvía a funcionar. Nada era igual que antes pero empezaba a escribirse otra historia. Las famosas etapas de la vida. Sentías esa paz que llega cuando un problema, no importa cómo, por fin se resuelve. Natasha siempre fue una genia, dijo el ninja. Cuando entraron al centro cultural y en realidad era una casa vieja llena de freakys. Los boludos fuimos nosotros que nos enojamos por un chongo, dijiste. Ahí tenías otra decisión importante: en aquel momento habías decidido hacer causa común con el ninja y pelearte con Natasha. Eso había cambiado todo lo demás. Si hubieras decidido otra cosa el camino habría sido otro. Elegías la página equivocada y terminabas en cualquier lado.

Natasha les señaló un sillón en el medio de un living. Un sillón con olor a pis de gato. Adelante había un pibe que tocaba la guitarra. Alrededor de él los hippies se pasaban el porro. No eran hippies nada más: había arties, bohemios, freaks, todas las maneras de nombrar a la gente que no podía llamarse "gente", dijo el ninja, que ocupaba él solo casi todo el sillón. El camino de los excesos los había llevado a ese lugar y cada uno era distinto. También los hipsters, que eran mayoría, dijo la profesora, y el ninja se te cagó de risa en la cara porque vos eras la mamá.

Compraron una botella de cerveza. Les dieron la botella y frascos vacíos de mermelada. ¿Hay que tomar en esto?, el ninja puso cara de asco. No te pongas exquisita, dijo Natasha.

Había poca luz. El living con cuadros y luces de colores, sillones rotos y un patio donde la gente salía a tomar aire. Los vecinos del edificio de al lado tiraban lavandina cuando había mucho ruido, así que todos hablaban en voz baja y estaba prohibido aplaudir: había que chasquear los dedos. Estabas contenta. No habías llegado al templo de la sabiduría, era como estar en una de esas iglesias de Pare de Sufrir, pero en lugar de un pastor brasileño la profesora escuchaba a un gordo que decía cosas graciosas y a treinta hippies que chasqueaban los dedos. Y los hipsters, dijo el ninja y te tocó el brazo. Cuando terminó el gordo presentaron a Natasha. Era la primera vez que leía mis poemas delante de ustedes y me temblaban las piernas. Natasha se plantó en el medio de la gente, sacó un papel del bolsillo de atrás del pantalón y empezó a leer una cosa aburridísima que a la profesora le hizo acordar a los textos que la obligaban a estudiar para Lengua y Literatura. Entonces Natasha se quedó callada: Esto no es poesía, dijo y sacó otro papel del bolsillo. Ni vos ni el ninja entendían nada, pero abrí los brazos y dije que sí, esto sí es poesía: Yo estoy enamorada de mi amiga. Y entonces leí todo, desde el principio, cosas que me habías dicho y otras que sabía de antes, cosas que la profesora ni siquiera se acordaba, desde que corregías el examen y creías que Rabec te había tocado el timbre a la madrugada hasta hoy, en este lugar, mientras me mirabas con tu cara de sorprendida. Habías cambiado tanto que, por más que recitara tu vida, seguía pareciéndote la historia de otra persona. Se habían hecho amigas en la fila de un boliche, en mil novecientos (qué viejo sonaba) noventa y siete, las dos íbamos a bailar a kilómetro 20, leíamos la *Cosmopolitan* para saber cómo había que cogerse a los tipos, éramos dos caretas sin saberlo, ¿te acordás?, hablábamos mal de las drogas y de los negros y pensábamos que Estados Unidos era el mejor país del mundo, y ahora estaban en el medio de un living en un centro cultural que el gobierno de la ciudad había cerrado, por caretas, qué paradoja, siguió leyendo Natasha, esa noche y todas las noches que volvieron a juntarse con el ninja a fumar porro, los tres, como antes, mientras la profesora escuchaba el relato de los años de su juventud en un flashback que nunca llegaba al punto de partida. ¿Dónde estaría Rabec?, volvió a pensar, pero por primera vez la pregunta le pareció inútil. La repetía porque estaba acostumbrada, pero esas preguntas también habían quedado atrás. El amor es energía y la energía cambia y no puede contenerse. Había que darse vuelta y mirar a tu alrededor. El ninja lo había dicho: hay mil chongos para elegir. Si lo pensabas bien era algo obvio. Sin embargo habías hecho lo mismo que la mayoría de la gente: habías creído en la media naranja, en la pelotudez de las mariposas en la panza. Ahora entendías que el amor es una falla en tu sistema operativo, una aplicación que tu computadora no procesa y que te lleva a que todo deje de funcionar. Creer que el amor iba a darte felicidad era un error tan grande como haber pretendido quedarte para siempre en la cresta de la ola de tu juventud. Las olas siempre estuvieron hechas de agua, y el agua nunca se queda en el mismo lugar. Aprender eso podía ser fácil para cualquiera, pero no para la profesora, que siempre había querido controlarlo todo. Para la profesora era distinto, dijo Natasha, y te busqué con la mirada.

Para vos era un flash.

ÍNDICE

www.suburbanoediciones.com | @suburbanocom

https://interzonaeditora.com/